LES MONSTRES D'EINSTEIN

Du même auteur
chez le même éditeur

D'AUTRES GENS

MARTIN AMIS

LES MONSTRES D'EINSTEIN

Traduit de l'anglais
par Géraldine D'AMICO

CHRISTIAN BOURGOIS ÉDITEUR

Titre original :
Einstein's Monsters

ISBN : 2-267-00612-2

AVANT-PROPOS DE L'AUTEUR

L'essai qui sert d'introduction à ce recueil — « Concevabilité » — est polémique, mais j'ai écrit les nouvelles qui le suivent avec l'intention habituelle : c'est-à-dire, sans la moindre intention, si ce n'est, je suppose, celle de procurer du plaisir, diverses sortes de plaisir compliquées. Je n'avais jusque-là réussi à produire que quatre nouvelles en seize ans ; puis, en deux ans, j'en ai écrit cinq et ensuite, plus rien. Si ces nouvelles suscitent aussi des réactions politiques, tant mieux. Dans ce débat, dans cette partie de dés, je veux vraiment mettre ma mise sur la table, aussi petite soit-elle, aussi étrange sa couleur, aussi infime son montant. Au fait, le titre *les Monstres d'Einstein* fait allusion aux armes nucléaires mais aussi à nous-mêmes. Nous sommes les monstres d'Einstein, pas totalement humains, du moins pour l'instant.

Puis-je profiter de cette occasion pour m'acquitter — ou reconnaître — quelques dettes ? « Bujak et la Force puissante » doit quelque chose à Saul Bellow ; « Intuition au lac de Feu » à Piers et Emily Read et à Jack et Florence Phillips ; « La maladie du Temps » à J.G. Ballard ; « Le petit chiot qui pouvait » à Franz Kafka et Vladimir Nabokov ; et « Les Immortels » à Jorge Luís Borges et au Salman Rushdie de *Grimus*. Et pour l'ensemble du recueil, je remercie Jonathan Schell de ses idées et ses images. Je ne sais pas pourquoi il est notre meilleur écrivain sur ce sujet. Il n'est peut-être pas celui qui a le meilleur style, ni le mieux informé mais il est le plus digne et, je pense, le plus pertinent. Il fait preuve d'exactitude morale ; il est infaillible.

Londres, 1987.
M. A.

INTRODUCTION :
« CONCEVABILITÉ »

Je suis né le 25 août 1949 : quatre jours plus tard, les Russes réalisaient avec succès leur premier essai nucléaire et la *dissuasion* était en place. J'ai donc eu quatre jours insouciants et c'est déjà plus que mes cadets auront jamais eu. Je n'en ai vraiment pas profité. J'ai passé la moitié du temps dans une couveuse. Même les choses étant ce qu'elles étaient, je suis né en état de choc profond. Ma mère dit que je ressemblais à un Orson Welles noir de rage. Le quatrième jour, j'avais récupéré mais le monde avait changé en pire. C'était un monde nucléaire. A dire vrai, je ne me sentais pas bien du tout. J'avais terriblement sommeil et j'étais très fiévreux. Je vomissais sans cesse. Je me laissais aller à des crises de larmes incontrôlables... Quand j'avais onze ou douze ans, la télévision a commencé à montrer des cartes cibles du sud-est de l'Angleterre : Londres en était le centre, les comtés voisins constituaient les cercles extérieurs. Je quittais la pièce aussi vite que je le pouvais. Je ne savais pas pourquoi les armes atomiques étaient dans ma vie ni qui les y avait mises. Je ne savais pas quoi en faire. Je ne voulais pas y penser. Elles me rendaient malade.

Maintenant, en 1987, trente-huit ans après, je ne sais toujours pas ce que je dois faire des armes atomiques. Et personne d'autre ne le sait. S'il y a des gens qui le savent, alors je ne les ai pas lus. Les choix extrêmes sont la guerre atomique et le désarmement nucléaire. La guerre atomique est difficile à concevoir ; mais le désarmement nucléaire l'est tout autant. (La guerre atomique est certainement plus facile à réaliser.) On ne *voit* pas vraiment le désarmement nucléaire, n'est-ce pas ? Certaines publications en faveur d'une abolition définitive — je pense par exemple à « la dissuasion théorique » d'Anthony Kenny ou à la « dissuasion sans arme » de Jonathan Schell — sont merveilleusement élégantes et séduisantes ; mais ces auteurs envisagent un monde politique qui est aussi subtil, aussi mûr et (surtout) aussi réfléchi que leurs propres délibérations solitaires. La guerre nucléaire est à sept minutes de nous, et elle pourrait être terminée en un après-midi. A quelle distance sommes-nous du désarmement nucléaire ? Nous attendons. Et les armes attendent.

Quelle est la seule provocation qui pourrait amener à utiliser les armes nucléaires ? Les armes nucléaires. Quelle est la cible prioritaire des armes nucléaires ? Les armes nucléaires. Quelle est la seule défense prouvée contre les armes nucléaires ? Les armes nucléaires. Comment empêchons-nous l'utilisation des armes nucléaires ? En menaçant d'utiliser des armes nucléaires. L'intransigeance est, semble-t-il, une fonction des armes elles-mêmes. Les armes nucléaires peuvent tuer un être humain une douzaine de fois de douze façons différentes ; et, avant la mort, comme certaines araignées, comme les phares de voiture, elles semblent paralyser.

Ce sont vraiment des artefacts remarquables. Elles tirent leur puissance d'une équation : quand on effectue la fission d'une livre d'uranium 235, la « masse libérée » dans ses 1 132 000 000 000 000 000 000 000 atomes est multipliée par la vitesse de la lumière au carré, c'est-à-dire qu'on obtient une force explosive de 300 000 kilomètres par seconde que multiplient 300 000 kilomètres par seconde. Leur taille, leur puissance n'ont pas de limites théoriques. Elles sont bibliques par leur colère. Elles sont indiscutablement la pire chose qui soit jamais arrivée à la planète et elles sont fabriquées en masse et à bon marché. Dans un sens, leur caractéristique la plus extraordinaire est qu'elles sont faites par l'homme. Elles déforment toute vie et subvertissent toute liberté. D'une certaine façon elles ne nous laissent aucun choix. Pas une âme sur la terre ne les veut mais elles sont là.

Elles me rendent malade, les armes nucléaires me rendent malade. Et tout le monde est dans le même cas. Quand j'ai affaire à cet étrange sujet, après avoir lu ou réfléchi trop longtemps, j'éprouve de la nausée, au sens clinique du terme. Dans tous les sens possibles (et puis, par synergie, dans encore plus de sens que ça), les armes nucléaires vous rendent malade. Quelle toxicité, quelle puissance, quelle portée ! Elles sont là et je suis ici — elles sont inertes et je suis vivant — et pourtant elles me donnent envie de vomir, elles me retournent l'estomac ; elles me donnent la même sensation que si un de mes enfants était sorti depuis trop longtemps, beaucoup trop longtemps et qu'il commençait déjà à faire noir. C'est un bon exercice, tout à fait approprié. Parce que je le ferai abondamment, je vomirai beaucoup si les bombes tombent et que je survis.

Tous les matins, six jours par semaine, je quitte la maison, prends la voiture et parcours le kilomètre et demi qui me sépare de l'appartement où je travaille. Pendant sept ou huit heures je suis seul. Chaque fois que j'entends un sifflement soudain dans l'air ou l'un de ces impacts les plus atroces de la vie urbaine, ou que je me laisse envahir par quelque pensée indésirée, je ne peux m'empêcher de me demander comment cela pourrait être. Supposons que je survive. Supposons que mes yeux ne se liquéfient pas, supposons que je ne sois pas touché par la tornade de missiles secondaires que sont brusquement devenus tout mortier, verre et métal : supposons tout cela. Je serai obligé (et c'est la dernière chose dont j'aurai envie) de reparcourir ce long kilomètre et demi qui me sépare de chez moi, à travers une tempête de flammes, les restes de vents de mille kilomètres à l'heure, les atomes déformés, les morts vautrés. Puis, si Dieu le permet, si j'en ai encore la force et, bien sûr, s'ils sont encore en vie, je devrai trouver ma femme et mes enfants et je devrai les tuer.

Que dois-je faire de pensées pareilles ? Que peut-on faire avec de pareilles pensées ?

Bien que nous ne sachions pas quoi faire

des armes atomiques ni comment vivre avec, nous commençons lentement à apprendre à écrire à leur sujet. Les questions de dignité se présentent avec une force qu'on ne trouve nulle part ailleurs. C'est le sujet le plus élevé et le plus vil. Il est infâme et sublime. De quelque côté qu'on l'envisage, il y a une grande ironie : une ironie tragique, une ironie pathétique, même l'ironie de la comédie grinçante ou de la farce ; et il y a l'ironie qui est simplement violente, d'une violence sans précédent. Le champignon atomique au-dessus d'Hiroshima était un spectacle magnifique, même s'il devait sa couleur à une kilotonne de sang humain...

Dans le domaine du discours, il y a plusieurs façons d'écrire mal sur les armes atomiques. On finit par conclure que certaines personnes n'ont rien compris. C'est simple, elles n'ont rien compris. Il y a des versions publiées de ces discoureurs du café du Commerce qui prétendent que la guerre atomique ne sera pas « si terrible », surtout s'ils arrivent à la maison de leur tante dans le Dorset (ou, encore mieux, s'ils y sont déjà). Ils ne voient pas comment les armes atomiques mettent tout en majuscules italiques. Ne pas comprendre les armes nucléaires revient à ne pas comprendre la vie humaine. C'est en fait la base même de notre difficulté.

Il est, dans un sens, gratifiant que tous les écrits militaro-industriels à propos des « options » nucléaires soient immédiatement dénaturés par la nature même des armes qu'ils décrivent comme si le langage même refusait de coopérer avec de telles notions. De ce point de vue, le langage est bien plus difficile que la réalité qui a obstinément accepté l'anti-réalité de l'âge atomique. Dans le monde possibiliste de la « gestion du conflit » nucléaire, on entend parler de l'*utilisation de représailles en premier* ; dans ce monde, quelques dizaines de millions de morts sont considérées comme *acceptables* ; dans ce monde, des armes nucléaires hostiles, provocatrices, déstabilisantes sont dirigées contre des armes nucléaires *(contre-force)*, alors que des armes nucléaires pacifiques, défensives, sécuritaires (elles se languissent là, avec une moue adorable) sont dirigées contre des villes *(contre-valeur)*. Dans ce monde, les opposants de la réalité courante sont appelés des *tordus*. « Modes de formation de base trompeurs », « groupement en pack dense », « défense terminale sur la ligne de fond », « le Football » (autrement dit le Bouton), des acronymes comme BAMBI, SAINTS, PALS [1] et AWDREY (Détection, Reconnaissance et Estimation de portée des armes atomiques), « le concept du Jedi » (des armes plasmatiques qui vont quasiment à la vitesse de la lumière), « la Guerre des Etoiles » elle-même : ces locutions vous renvoient au terrain de sport ou à la nursery.

En fait un thème récurrent d'infantilisme marque l'histoire de la gestion nucléaire. Trinity, la première bombe (surnommée « le Gadget »), avait été mise en position de lancement sur un engin appelé le « berceau » ; pendant le compte à rebours, la radio de Los Alamos diffusait une berceuse, la *Sérénade pour Cordes* de Tchaïkovsky ; les chercheurs se demandaient si le Gadget serait une « fille »

1. « Copains. »

(c'est-à-dire qu'elle n'éclaterait pas) ou un « garçon » (c'est-à-dire un dispositif capable d'oblitérer le Nouveau-Mexique). La bombe d'Hiroshima s'appelait Petit Garçon. « C'est un garçon ! » s'exclama Edward Teller, le « père » de la bombe H quand on fit détoner « Mike » (« mon bébé ») au-dessus de l'atoll de Bikini en 1952... C'est ironique parce que ce sont eux les petits garçons ; nous sommes nous tous les petits garçons. Et depuis, l'ironie a redoublé. En menaçant d'extinction, ce dispositif ultime anti-personnel est par essence un dispositif anti-bébé. On ne réfère pas ici à tous les bébés qui mourront mais à tous les bébés qui ne naîtront jamais, à ceux qui attendent en files spectrales jusqu'à la fin des temps.

J'ai commencé à m'intéresser aux armes atomiques pendant l'été 1984. Enfin, je dis que j'ai « commencé » à m'y intéresser mais, en fait, je m'y suis toujours intéressé. Tout le monde est intéressé par les armes atomiques, même ceux qui affirment et croient sincèrement qu'ils n'y accordent pas une minute de réflexion. Nous sommes tous des parties intéressées. Est-il possible de ne jamais penser aux armes atomiques ? Si vous ne pensez pas aux armes atomiques, si vous ne pensez pas au développement le plus considérable de l'histoire de l'espèce, alors à quoi pensez-vous donc ? Dans ce cas, le processus, l'infiltration, est peut-être préconceptuel, physiologique, glandulaire. L'homme à qui on met un revolver chargé dans la bouche peut peut-être se vanter qu'il ne songe jamais au revolver chargé, mais il en sent le goût, tout le temps.

Mon intérêt pour les armes atomiques a été le résultat d'une coïncidence. Les deux éléments ont été l'approche de la paternité et la lecture tardive de l'étude classique de Jonathan Schell, *le Sort de la Terre*, qui m'a réveillé. Un réveil brutal. Jusque-là, semble-t-il, je n'y étais pas. Je n'avais pas vraiment pensé aux armes atomiques. Je n'avais fait que les goûter. Maintenant, enfin, je savais ce qui me rendait si malade.

Comment vont les choses quand la moralité de ceux qui nous dirigent touche le fond ? Ils se gardent le moyen d'accomplir l'inconcevable. Ils envisagent l'inconcevable, pour nous. Nous espérons, assez modestement, vivre notre vie sans être assassinés ; ou, et c'est là une chose moins ardue, nous espérons vivre notre vie sans assassiner personne nous-mêmes. Les armes atomiques s'en chargent pour nous : nous pouvons mourir, et mourir avec des tabliers de bouchers autour de la taille. Nous croyons que bien des déformations et perversités du monde moderne sont liées à — et certainement amenuisées par — cette préemption massive. Nos contrats moraux sont inévitablement affaiblis, et de manières imprévisibles. Après tout, quel *acte gratuit*, quel vulgaire outrage, quelle cruauté stupide sont comparables au cauchemar d'un échange nucléaire ?

Contre cette hyperinflation de la mort qui diminue la valeur de toute vie, il est salutaire de revenir aux éléments de physique, de nous rappeler l'échelle nucléaire. Il a suffi pour détruire Hiroshima d'une masse d'environ un gramme, à peine le poids d'une pièce de un centime. D'après l'équation d'Einstein, un seul gramme a les mêmes propriétés que 12 500 tonnes de TNT (plus quelques propriétés propres). Voici ce qu'écrit Jonathan Schell :

« ... l'énergie libérée par l'application de la physique universelle du XXe siècle dépasse l'énergie libérée par la physique terrestre ou planétaire du XIXe siècle dans les mêmes proportions que le cosmos dépasse la terre. C'est cependant dans l'écosphère relativement petite et fragile que l'humanité a libéré cette énergie cosmique qu'elle vient de puiser. »

Faisons un instant abstraction du gigantisme astronomique des arsenaux d'aujourd'hui et réfléchissons à ce qu'une seule mégatonne pourrait faire : elle pourrait s'abattre avec la même force destructive qu'à Hiroshima sur toutes les capitales d'Etat d'Amérique et il resterait encore de quoi faire trente bombes. L'arsenal soviétique seul pourrait tuer environ vingt-deux milliards de gens, du moins il le pourrait s'il y avait vingt-deux milliards de gens à tuer mais il n'y en a que quatre. Et nous poursuivons quand même la logique dynamique du *missile gap.* Il n'y a pas d'écart. Nous vivons dans un Manhattan de missiles. Plutôt, il n'y a plus de place. Nous sommes « complets ».

Cependant le débat continue. Et de quelle sorte de débat s'agit-il ? Sur quel ton ? Si nous regardons la controverse à propos de l'Initiative de défense stratégique, nous trouvons que ceci, par exemple, est le ton de Ronald Reagan : « [L'I.D.S.] n'a rien à voir avec la peur mais avec l'espoir et dans ce combat — si vous me pardonnez d'emprunter une réplique de film — la Force est avec nous. » Non, nous ne lui pardonnons pas d'emprunter une réplique de film. Et la Force n'est pas avec nous. La Force est contre nous. C'est dans de tels termes, en tout cas (des termes qui atteignent à une frivolité infinie), que le président Reagan introduisit « un effort qui porte la promesse de changer le cours de l'humanité », mais aussi, a-t-il reconnu, qui comprend des « risques ». Malheureusement, le risque est celui de *mettre un terme* au cours de l'histoire humaine. « Dieu nous pardonnera si nous échouons », avait dit Brejnev à Carter au sommet qui précédait l'Afghanistan. La phrase avait plu à Carter qui la réutilisa avec une correction politique. « L'Histoire », avait-il dit, « nous pardonnera si nous échouons. » En fait, Brejnev était plus près de la vérité. En cas d'échec, il se peut que Dieu s'en tire, pas l'Histoire.

Trois livres sur l'I.D.S., trois fascicules sur la fin des temps, ont récemment atterri sur mon bureau, deux pour et un contre. *Comment rendre la guerre nucléaire obsolète* de Robert Jastrow, l'homme qui a fait son effet dans la presse le lendemain du désastre de la navette spatiale en commentant : « C'est presque louche. » Tout d'abord, Jastrow souligne qu'il espère que la Troisième Guerre mondiale pourra être évitée, qu'il regrette et déplore considérablement une telle éventualité (c'est le ton habituel dont on ennoblit une morale hâtive, comme s'il ne s'agissait que d'une question fastidieuse d'étiquette et d'apparence) ; puis il passe à ce qui constitue l'essentiel de son livre, un récit tumultueux de « la Bataille ». Là, au milieu de cet opéra spatial technophile, nous apercevons le président qui « ordonne » froidement ceci et « décide » cela, qui érige froidement son « bouclier de paix » (qui n'a pas encore fait ses preuves) tandis que la boucherie hémisphérique menace dans les cieux. En fait le président, s'il n'a pas été vaporisé par une mallette piégée à l'ambassade russe, sera, cela se comprend facilement, plongé dans sa propre dépression nerveuse avec tous les autres acteurs de ce délire psychotique. Selon Jastrow, l'inconcevable est concevable. Il se trompe et il est aussi, de ce point de vue, je le soutiens, sous-humain, comme tous les adeptes de la guerre nucléaire, comme tous les « dominateurs ». L'inconcevable est inconcevable ; l'inconcevable n'est pas concevable, du moins par des êtres humains, parce que l'éventualité qu'il pose implique que tous les contextes humains auraient déjà disparu. L'I.D.S. ne pourra jamais être testée, pas plus que ses acteurs. Comment ils répondraient dans un moment pareil demeure une interrogation ouverte. Mais ils ne seraient plus des êtres humains. Dans un sens, plus personne ne le serait. Ce statut n'existe pas de l'autre côté de la tranchée.

Solly Zuckerman a suggéré que la complaisance des Alliés pour l'I.D.S., aussi tiède et penaude soit-elle, n'aurait pas pu survivre à une lecture de Jastrow. On pourrait probablement dire la même chose d'Alun Chalfont dont *la Guerre des Etoiles : suicide ou survie ?* accueille l'I.D.S. avec les accents mâles d'un réalisme bourru. Il est vrai que l'Initiative entraînera un « haut risque » ; il est vrai que l'Initiative « exige une approche totalement nouvelle des doctrines sous-jacentes aux politiques de contrôle des armes » ; il est vrai que l'Initiative coûtera un trillion de dollars.

Mais elle les vaut. De très haut risque, entièrement révolutionnaire et incroyablement coûteuse, mais elle vaut cela — à cause de l'Ecart. Les Soviétiques vont bientôt le faire, ou ont déjà commencé ou (il semble parfois le suggérer) l'ont déjà fait. Donc nous avons tout intérêt à le faire aussi... Ce qui est intéressant, c'est que Lord Chalfont n'est pas préoccupé par l'existence des armes nucléaires qui, dit-il, ne peut être annulée [1]. Ce qui préoccupe Lord Chalfont, c'est l'existence de leurs opposants. Voilà quelque chose dont on peut vraiment se débarrasser. Toute civilité, en tout cas, disparaît de sa prose à chaque fois qu'il doit aborder le sujet pénible de la paix. « L'industrie de la paix commence immédiatement à

1. Margaret Thatcher, qui a donné son appui au choix de politique nucléaire récemment adopté par les Etats-Unis, a fait écho à ces mots en déclarant que « les armes atomiques ne peuvent pas être " désinventées " » — « point indiscutable » selon le *Times*. (Le *Times*, comme *The Economist*, comme le *Sun*, sont, incidemment, en faveur de l'I.D.S.) Avec l'aide de *l'Abolition* de Jonathan Schell, puis-je donner le coup de grâce à cet argument ? Il est vrai qu'on ne peut pas « désinventer » les armes atomiques (ou plutôt qu'on ne peut faire autrement que les découvrir, puisqu'elles utilisent une force éternelle de la nature) ; mais elles peuvent être démontées. Si les armes atomiques sont utilisées, elles le seront par un fou ou un homme sensé, en état de crise. Toute prolongation appréciable de la période de réflexion serait d'une importance historique : elle produirait un nouveau monde. En général, la période de réflexion est le temps qui s'écoule entre le moment où l'on décide d'appuyer sur le bouton et celui où on le fait vraiment. Le président Reagan en personne semblait ressentir le besoin d'un plus grand délai quand, après quelques années de pouvoir, il a déclaré qu'il pensait que les missiles, une fois lancés, pourraient être rappelés. C'est impossible. On ne peut pas rappeler des balles. On ne peut pas les « désinventer », mais on peut décharger le revolver.

pousser ses grands cris prévisibles... une coalition d'idéalistes fourvoyés avec une poignée d'idiots utiles et d'agents soviétiques (conscients ou inconscients). » Contrarié par les références à l'industrie de guerre, il n'en accorde pas moins un statut industriel au mouvement pacifiste. Pourquoi ? Où sont les cités industrielles pacifistes ? Où sont ses budgets de trillions de dollars ? A un certain point Chalfont discute les plans américains :

« ... quant au déploiement de têtes nucléaires à radiations renforcées en Europe... il y a aussitôt une levée de boucliers contre la bombe capitaliste, conçue pour tuer les gens mais préserver la propriété. »

L'expression « arme capitaliste » déplaît à Chalfont et on ne peut être que d'accord avec lui. Mais est-ce que les « têtes nucléaires à radiations renforcées » lui plaisent ? Est-ce que le mot « renforcé » lui plaît ?

E.P. Thompson n'est malheureusement pas plus habile pour trouver le ton juste et sérieux de la persuasion. Il a fait de grands sacrifices pour la cause qu'il défend ; il est brillant, il est charismatique, il est exaltant mais il n'est pas sérieux. Dans *la Guerre des Etoiles*, comme ailleurs, le professeur Thompson écrit dans le grand style pronucléaire le plus exemplaire qui soit. Il est caustique et grandiose, et s'exprime avec la meilleure sorte de haine contrôlée. Comme il démolit, par exemple, l'effort de relations publiques de l'I.D.S. Voici un extrait de cette littérature confidentielle :

« D'innombrables opportunités de " causes " activistes à haute visibilité pourraient s'ouvrir... intérêt pour les catholiques aussi... Un tel effort de ratification donnerait bonne figure à la Maison Blanche dans ses confrontations avec les puissants critiques intérieurs anti-B.M.D.[1]... aborde les questions d'" Eurostratégie " qui sont à la mode aujourd'hui... joue librement avec des thèmes éthiques de portée générale (de loin la meilleure approche mobilisatrice)... »

Thompson démolit l'I.D.S. ; il prouve presque parfaitement son argument. Mais il n'ébranlera personne, pire, il risque même de subvertir le converti, parce qu'il n'a aucun respect pour le ton.

Son ton est relâché, impatient, souvent désespérément incertain ; il est d'un alarmisme surexcité ; il se complaît dans la stupidité. Son antiaméricanisme (« les Etats-Unis d'Amérique sont foncièrement moraux », « le président de la planète Terre », « allez, les Coco, sortez les mains en l'air ») est aussi daté que pénible, offre une réponse aussi stéréotypée que les contre-préjugés de Lord Chalfont. Chalfont est sous-humain ; Thompson est seulement humain, trop humain. Thompson raconte aussi des blagues. Il aime tellement cette blague qu'il la raconte deux fois :

« Celui qui serait bientôt président avertit que la fenêtre [de vulnérabilité] était peut-être déjà si grande ouverte que " les Russes pouvaient juste nous avoir avec un coup de téléphone ".

« — Allô ! Monsieur Reagan ? Ici Tovarich Brejnev. Sorrtez les mains en l'airr ou je jette cette bombe par votrre fenêtre ! »

Tout en vous se révulse devant ça. Vous

1. Ballistic Missile Defense : défense par missile balistique.

vous redressez et vous vous frottez les yeux en vous demandant combien de mal cela a fait. Parce que dans le débat nucléaire, comme dans aucun autre, le prix à payer pour de telles erreurs est incalculable. Les êtres humains sont unanimes à propos des armes atomiques ; il n'en va pas de même pour les institutions humaines. Nos espoirs reposent sur une symbiose progressive. Nous devons trouver le langage de l'unanimité.

Je me dispute avec mon père à propos des armes atomiques. Dans ce débat, nous nous disputons tous avec nos pères. Ils ont mis en place ou maintenu le statu quo. Ils se sont considérablement trompés. Ils n'ont pas su voir. La nature de ces choses — les armes — auxquelles ils avaient à faire leur a totalement échappé et ils se trouvent maintenant pris au piège dans la nouvelle réalité, pris au piège dans une erreur colossale. Il n'y aura peut-être pas d'espoir tant qu'ils n'auront pas tous disparu. Certaines personnes en marge de la société pensent que nous devrions commencer à tuer certains de nos pères avant qu'ils nous tuent. Cela me rappelle le noble syllogisme (conçu par Schell) à propos de la Dissuasion ratée : « Lui, pensant que j'allais le tuer par mesure de représailles, était sur le point de me tuer par mesure de représailles. Donc je l'ai tué par mesure de représailles. » Oui, et puis il m'a tué par mesure de représailles, depuis sa tombe. La réalité dont nous héritons est infiniment humiliante. Nous devons essayer de faire un peu mieux.

Mon père considère les armes atomiques comme une donnée irrévocable. Elles seront toujours nécessaires parce que les Soviétiques les posséderont toujours et les Soviétiques voudront toujours asservir l'Occident. Les accords militaires ne valent rien parce que les Soviétiques tricheront toujours. Le désarmement unilatéral équivaut à une reddition. Et de toute façon, il ne s'agit pas d'être « rouge ou mort ». Le monde communiste est lui-même équipé d'armes nucléaires et profondément divisé : donc il s'agit d'être « rouge *et* mort ».

En tout cas, la mort, c'est tout ce que cette ordonnance me semble promettre. Mon père me rappelle que, depuis quarante ans, les armes nucléaires empêchent la guerre. Je lui rappelle qu'aucune boucherie générale n'a dominé les cent ans de paix qui ont suivi la défaite de Napoléon en 1815. Et l'ennui de la dissuasion, c'est qu'elle ne peut pas durer le temps nécessaire, c'est-à-dire environ d'aujourd'hui à la mort du soleil. Elle se désintègre déjà de l'intérieur. Quand je dis que les Etats-Unis constituent une menace aussi grande que l'U.R.S.S., mon père m'accuse de prendre la démocratie à la légère, de prendre la liberté à la légère. Mais bien sûr, ce sont les armes elles-mêmes qui constituent une menace. Chose ironique, une autocratie est plus à même de faire face à cette question parce que cette question dépasse la politique. Les Soviétiques n'ont affaire à personne, pas de dirigeants dont la qualité se détériore rapidement, assiégés par la démocratie et la politique, qui accomplissent leur besogne pendant six mois entre des élections législatives, des périodes de mise à pied et les référendums informels de la vie publique américaine. Et puis il y a l'argent, l'argent. Il semblerait, au moment où j'écris, que l'U.R.S.S. ne puisse pas se permettre de continuer et que les Etats-Unis ne puissent pas se permettre d'arrêter. Saul Bellow a écrit qu'il existe certains maux — il cite la guerre et l'argent comme exemples — qui ont le pouvoir de survivre même quand on a reconnu leur pouvoir maléfique. Ils subsistent joyeusement, aussi maléfiques soient-ils, au vu et au su de tous. Les armes nucléaires seraient-elles parvenues en outre à unir ces subsistances en un processus de destruction terminale ? Donc le monde finit comme *le Conte du pardonneur,* quand tous les acteurs humains sont partis, il ne reste (bien que personne ne les trouve jamais) que les armes utilisées et l'argent inutilisé, les armes et l'argent.

Quiconque a lu l'œuvre de mon père aura une idée de ce que discuter avec lui peut signifier. Quand je lui ai dit que j'écrivais quelque chose sur les armes atomiques, il m'a dit, gaiement : « Ah, je suppose que tu es... “ contre ”, n'est-ce pas ? » *Epater les bien-pensants*[1], voilà sa règle. (Un jour qu'un de mes amis lui avait dit qu'une race de baleines en danger d'extinction était systématiquement transformée en savons, il avait répondu : « Ça me semble plutôt une bonne manière d'*user* les baleines. » En fait, je crois qu'il aime bien les baleines, mais ce n'est pas ce qui compte.) Je suis immanquablement plus grossier avec mon père à propos des armes atomiques qu'à propos de n'importe quel autre sujet, plus grossier avec lui que je ne l'ai jamais été depuis mon adolescence. Je finis d'habitude par lui dire quelque chose comme : « Eh bien,

1. En français dans le texte.

nous n'aurons qu'à attendre que tous les vieux cons comme toi crèvent les uns après les autres. » Il finit d'habitude par me dire quelque chose comme : « Penses-y. Rien qu'en fermant le Conseil pour les Arts on pourrait augmenter notre arsenal de manière conséquente. Les bourses aux poètes pourraient assurer l'entretien d'un sous-marin nucléaire pendant un an. L'argent dépensé pour une seule représentation du *Rosenkavalier* pourrait nous acheter une tête à neutrons supplémentaire. Si nous fermions tous les hôpitaux de Londres, nous pourrions... » La satire est juste, dans un sens, car je ne fais que parler des armes nucléaires ; je ne sais pas quoi en faire.

Nous abandonnons le sujet. Nos sessions se terminent à l'amiable. Nous nous mettons à admirer mon bébé. Peut-être que lui saura quoi faire des armes atomiques. Moi aussi je devrai mourir. Peut-être que lui saura quoi en faire. Il faudra que ce soit très radical parce qu'il n'y a rien de plus radical qu'une arme nucléaire et ce qu'elle peut faire.

La Défense civile apporte une autre voix satirique dans ce débat. Son humour, contrairement à celui du professeur Thompson, fait vraiment rire. *La Défense civile contre une attaque nucléaire* : le concept même est risible. On ne peut en dire qu'une chose : oubliez-le. Cependant les livres sur ce sujet continuent à paraître. Il faut donc bien que quelqu'un les écrive mais le genre tout entier est coulé par son enflure en dessous de l'humain. Autant essayer de faire comprendre à la famille royale les consolations de la vie dans un préfabriqué surpeuplé ou un hôpital de campagne moyenâgeux. (Et, dans ce contexte particulier, toute famille est une famille royale.) Dans l'hôpital nucléaire, par une autre ironie fatale, le tri se fera à l'envers : seuls les individus comparativement sains seront considérés comme curables. Le processus d'inversion nucléaire est complet quand on se rend compte que l'attitude correcte face à la guerre nucléaire est une attitude de défaitisme suicidaire. Que personne ne pense que c'est pensable. Ne rêvez pas de survivre, de rester vivant. N'entrez pas dans ce jeu. Soyez prêt à passer la main. Pour moi et ceux que j'aime, je veux la chaleur qui vient à la vitesse de la lumière. Je ne veux pas être encore là pour l'explosion qui se traîne à la vitesse du son. Il n'y a qu'une seule défense contre une attaque nucléaire et c'est la capsule de cyanure.

Récemment je suis tombé sur une offre américaine : *la Défense civile en cas d'attaque nucléaire : Guide de protection pour la famille* écrit par le capitaine T. Kalogroulis. C'est un bijou. Il est aussi plein de fautes et de coquilles (« une illustration schématique de l'explosion est montrée à la rage suivante » ?). Mais je suppose que ça, on peut le supporter. Après une attaque nucléaire, je suppose que je pourrai supporter quelques coquilles. Le livre commence par une justification, la justification de tout ce blabla macabre. « Le but du communisme est la domination du monde... ils utiliseront le chantage atomique basé sur le potentiel dont ils se vantent. Et ils sont prêts à utiliser la force si besoin est ; ils peuvent se permettre de prendre ce risque. » Ce « si » n'est pas bien grand parce que les Soviétiques « pourraient accepter de courir un risque de pertes humaines et matérielles que nous ne songerions jamais à courir. Ils sont endurcis contre les pertes ». L'ennemi n'est pas fait de chair et de sang mais de cuir et de glace ; il se nourrit d'holocaustes nucléaires. Le capitaine Kalogroulis consacre une page à la liste des « avantages stratégiques de la protection de la population ». Ils sont au nombre de sept. Le quatrième dit que la « protection des individus donne un sens à toute défense militaire ; cette dernière n'a aucun sens si la population périt. » Quel sens a la première si la population périt ? Voici le cinquième :

> « Nos autorités militaires les plus importantes s'accordent sur le fait que notre aptitude à limiter le nombre de nos victimes en cas d'attaque a des avantages militaires définis. Cela signifie qu'un ennemi doit consacrer une puissance économique et militaire plus importante à son entreprise. Il mettra donc plus longtemps à atteindre son but. »

En d'autres mots l'ennemi devrait se donner encore plus de mal pour rendre le nombre des victimes illimité. On se demande aussi de quels poids et prestige disposeraient nos autorités militaires les plus importantes « en cas d'attaque ». Le septième conclut que la protection de la population « permet d'endurer une guerre nucléaire ». On est donc obligés de la supporter pour des raisons stratégiques.

La pure vérité, c'est qu'après une guerre atomique le rôle des autorités civiles et militaires serait changé ou interverti. Les autorités ne protégeraient plus la population de l'ennemi : elles se protégeraient de la population.

L'un des effets des armes atomiques — ces étranges instruments — serait le fascisme immédiat. En 1980, le gouvernement britannique a mené l'opération *Square Leg* en conjonction avec l'OTAN pour mesurer les réalités d'une attaque nucléaire. En plus de bien d'autres hypothèses mystérieuses (sept jours de préavis, pas d'explosion dans le centre de Londres), on a imaginé que la populace passerait sa dernière semaine à stocker de la nourriture et à transformer ses jardins en abris, en d'autres mots à creuser sa propre tombe. Parce que, lorsque vous sortirez en titubant de votre abri quand on vous aura dit que « la voie est libre » (libre pour quoi ?), la seule chose qu'il vaudra la peine de faire sera d'y rentrer en titubant. Tout ce qu'il y a de bon aura disparu. Vous serez le citoyen d'une ville nouvelle : Necropolis. La défense civile nucléaire est un non-sujet, une élucubration maligne. Elle soutient la possibilité de se battre. Elle soutient l'inconcevabilité.

Malgré tout son humour macabre, cependant, le genre prend souvent un ton plaintif. Tout le monde (par définition) n'est pas aussi profondément, exemplairement en dessous de l'humain que le capitaine Necropolis. L'admirable *Londres après la Bombe,* par exemple, commence comme un livre « sur » la défense nucléaire et se termine par son rejet dégoûté. Même des publications semi-officielles comme *Attaque nucléaire : Défense civile* (commandé et publié par l'Institut royal des Armées pour les études stratégiques) donnent l'impression suivante : celle d'une équipe d'infirmiers expérimentés, bien préparés à une agression violente contre leurs sens, qui s'enfuient en chancelant des lieux de l'accident pris d'une nausée invincible. Le langage ne peut pas survivre à une telle réalité. « Il est important d'avoir une bonne provision d'analgésiques... les calmants seront essentiels... problèmes psychologiques dans une guerre nucléaire... problèmes de santé dans une guerre nucléaire... » Est-ce bien le mot « problème » qui convient ? Eh bien, il y aura aussi des problèmes d'extinction tandis que — munis de comprimés d'aspirine, de compresses stériles et de petits ciseaux (à bouts ronds) et d'une réserve abondante d'épingles à nourrice — nous nous terrerons pour l'hiver nucléaire.

L'hiver nucléaire a été la meilleure nouvelle sur ce front depuis 1945. C'est la meilleure nouvelle parce que c'est la plus mauvaise nouvelle (et parce que les réalités nucléaires sont toujours antithétiques ou palindromes). Pour simplifier, si l'on utilisait une fraction considérable de l'arsenal mondial, la planète cesserait d'être vivable. Donc même un premier coup victorieux se retournerait fatalement contre l'attaquant. On a mis presque quarante ans pour comprendre une vérité évidente : il n'y a pas de fumée sans feu. Combien de temps mettrons-nous à comprendre que les armes atomiques ne sont pas des armes, que ce sont des poignets coupés, des chambres pleines de gaz, d'immenses attrape-nigauds ? De quoi avons-nous besoin pour apprendre la vérité sur elles ? Certaines personnes — et il faut de tout pour faire un monde — sont sceptiques quand on leur parle d'hiver nucléaire ; elles pensent pouvoir facilement ridiculiser l'idée d'extinction. Bien sûr, elle n'est pas prouvée : comme toutes les autres ramifications nucléaires, elle déborde d'incertitudes. (La chimie de la création et de la destruction de l'ozone, par exemple, n'est que partiellement comprise.) Mais la vue pessimiste semblerait être naturelle. Où sont les avantages cachés, où sont les bonnes surprises quand il s'agit d'armes atomiques ? De toute façon l'argument éthique reste inébranlable. Si le risque est infini — comme le souligne Schell dans *le Destin de la Terre* — une possibilité scientifique peut être traitée comme une certitude morale, « parce que si nous perdons, la partie sera finie, et ni nous ni personne n'aura une autre chance ». Ou comme il le dit dans son autre livre, *l'Abolition :*

« Parce que maintenant, les êtres humains, engagés comme toujours dans les ambitions et disputes du temps et du lieu où ils vivent, peuvent mettre un terme à l'histoire de l'humanité partout et pour toujours. L'éternel a été mis en jeu dans le royaume du temporel et l'infini a été confié aux bons soins d'êtres humains finis. »

Et l'on peut justement s'imaginer, je crois, qu'une fin soit inscrite dans les mystères enchanteurs de la matière, des quanta (l'atome lui-même n'est guère plus qu'un ensemble de relations). Mathématiquement, l'univers est le fruit du hasard. La terre aussi, cette planète bleue, ainsi que la vie organique. Bien que chaque confirmation soit bienvenue, nous n'avons pas besoin que les éconautes de Greenpeace ou le *Tao de la Physique* nous disent que dans notre biosphère tout est lié à tout. Dans la mesure où ils sont humains, tous les êtres humains le sentent, cet équilibre, cette fragilité. Nous n'avons qu'une planète et elle est ronde.

Le concept central dans la théorie de l'hiver nucléaire est la synergie. Quand deux choses négatives arrivent, une troisième (et imprévisible) chose négative arrive qui dépasse la somme des effets individuels. Ça, c'est en plus des choses négatives que nous connaissons bien, et qui constituent déjà une liste assez longue. Radiation immédiate, températures superstellaires, vibration électromagnétique, vibration thermique, surpression de l'explosion, retombées, maladie, perte d'immunité, froid, obscurité, contamination, difformité héréditaire, raréfication de l'ozone : avec quelle férocité hystérique, quelle disproportion grotesque, les armes atomiques haïssent-elles la vie humaine... Il est possible d'imaginer des synergies nucléaires qui se multiplient dans l'éternité, explosant et crépitant à l'infini, ennemies de la vie même quand il ne reste plus rien dont elles puissent être ennemies. La théorie de l'hiver nucléaire a été inspirée par les études des tempêtes de poussière sur Mars, et Mars nous donne une vision plausible d'un monde postnucléaire : une planète vulcanisée, oxydée, stérilisée. C'est vraiment la planète de la guerre.

Peu après m'être rendu compte que j'écrivais sur les armes atomiques (et il m'a fallu un bon moment pour m'en rendre compte : en gros, j'ai bien écrit la moitié des nouvelles qui suivent avant de m'apercevoir qu'elles avaient un thème en commun), je me suis aussi rendu compte que dans un sens j'avais toujours écrit sur les armes atomiques. Notre époque est différente. Toutes les époques sont différentes mais notre époque est vraiment différente. Une nouvelle chute, une chute infinie, sous-tend les pressentiments habituels — traditionnels même — de déclin. Pour ne donner qu'un exemple, voici qui pourrait expliquer pourquoi quelque chose semble s'être détraqué avec notre époque, l'époque moderne ; le passé et le futur, également menacés, également rabaissés, se recroquevillent maintenant dans le présent. Le présent semble plus étroit, le présent semble rétréci, différent, maintenant que la planète vit au jour le jour. On a dit — Bellow encore — que la situation moderne est une situation de « suspense » : personne, absolument personne n'a la moindre idée de ce qui va arriver. Ce que nous vivons, dans la mesure où l'on peut le vivre, c'est la vie en état de guerre atomique. A cause de l'anticipation — Schell encore — l'angoisse, le suspense, sont les seules expériences de la guerre atomique qu'il nous sera donné de vivre. La réalité (différentes sortes de mort dans un monde sans discours) pourrait difficilement être considérée comme une expérience humaine, pas plus qu'une sensibilité aussi temporaire que celle qui nous resterait ne pourrait être considérée comme vie humaine. Ce ne serait qu'une mort humaine. Donc c'est tout, c'est la guerre nucléaire, et ça gâche tout. Les « effets » des armes atomiques ont été extensivement étudiés bien que, évidemment, persone ne puisse les connaître dans toute leur portée. Quels sont les effets psychologiques des armes nucléaires ? Avant même d'entrer en action, les arsenaux mondiaux nous livrent déjà une guerre psychologique : la dissuasion elle-même par exemple est entièrement psychologique (et pour cette raison, entièrement inexacte). Les explosions d'air, les attaques préemptives, les représailles massives, les escalades incontrôlables ; cela arrive déjà dans nos têtes. Si vous pensez aux armes atomiques, vous avez la nausée. Si vous n'y pensez pas, vous avez la nausée sans savoir pourquoi. Les armes atomiques repoussent toute pensée peut-être parce qu'elles peuvent mettre un terme à toute pensée.

Pour quelque raison, et c'est sans aucun doute une raison curieuse, le gros de la fiction sur ce sujet appartient aux genres mineurs. Compte à rebours Pentagone/Kremlin, terroristes psychopathes ou dirigeants fourbes, amour et douleur dans une toundra postapocalyptique. La science-fiction a commencé à se préoccuper des armes du Jugement dernier bien avant que de telles armes soient même discutées, et aujourd'hui, environ un roman de S.-F. sur quatre se situe après l'holocauste. Cependant il est sidérant de voir à quel point les autres écrivains ont peu écrit sur la destinée nucléaire, destinée qui ne manque pas de complications, d'envergure, de modèles, de paradoxes, et qui ne manque pas d'intérêt. (Les armes atomiques ont beaucoup de défauts mais on ne peut certainement pas leur reprocher d'être ennuyeuses.) Et pourtant la génération plus âgée d'écrivains est restée muette ; aussi prolifiques et importants que soient certains d'entre eux qui ont été témoins, pendant leur vie littéraire, de la faille radicale dans le cours de l'évolution qu'a été 1945, le sujet ne leur a évidemment pas paru se présenter naturellement. Ils vivaient dans un monde donné et puis ils ont commencé à vivre dans un monde différent ; et ils ne nous ont pas dit en quoi il était différent. J'ai récemment posé la question à Graham Greene et il m'a répondu qu'il n'y avait jamais vraiment réfléchi. Je ne considère pas cela comme une défaite pour Graham Greene, l'écrivain le plus « prescient » de notre époque. Mais je le considère comme une sorte de victoire pour les armes atomiques.

Manifestement, on ne peut choisir un thème, on ne peut le vouloir ; il doit venir de lui-même. Des écrivains plus jeunes, des écrivains qui ont vécu toute leur vie de l'autre côté de la faille, commencent à écrire sur les armes nucléaires. J'ai l'impression que c'est un sujet qui résiste aux assauts de front. Pour ma part, je le vois comme une toile de fond, une toile de fond qui passe insidieusement au premier plan. Peut-être que la génération suivante ira plus loin ; peut-être que la génération suivante sera plus à l'aise avec la fin du monde... De plus, on pourrait envisager le fait que tout écrit — tout art, de tout temps — a un rapport avec les armes atomiques, de deux points de vue importants : l'art célèbre la vie, pas l'autre chose, pas l'opposé de la vie ; l'art fait monter les enjeux, en augmentant la masse de ce qui risque d'être perdu.

Destruction Mutuelle Assurée[1] : on dirait un nom de compagnie d'assurances ou de société de travaux publics au premier mot près. En arriverons-nous là ? La D.M.A. est une doctrine répugnante et ridicule et le désir d'y échapper nous a donné l'I.D.S. Je lisais de la littérature pro-I.D.S. depuis pas mal de temps

1. *Mutual Assured Destruction,* le M.A.D. qui, en anglais, signifie fou.

quand, bien sûr, j'ai finalement trouvé quelque chose en sa faveur. Elle pourrait diminuer le massacre en cas de guerre « accidentelle ». Le lendemain, j'ai lu l'excellent livre de Daniel Ford, *le Bouton,* et j'y ai appris que la possibilité d'une guerre accidentelle est totalement écartée par les opposants les plus violents d'une politique nucléaire. Donc on n'a rien à dire en faveur de l'I.D.S. L'amélioration des armes est au cœur même du danger actuel. On peut envisager qu'à l'avenir on insistera davantage sur une défense associée à la réduction et l'obsolescence des armements. Renforcer la défense tout en maintenant le statu quo n'est qu'un peu plus de la même chose. Ce n'est que plus d'armes. Les armes sont comme l'argent : personne ne sait ce que veut dire « assez ». Si nous pouvions nous voir à partir de quelque sorte de perspective temporelle cosmique, si nous avions une perception de la puissance cosmique, de la délicatesse cosmique, alors tous les indicateurs montreraient la même chose : baisse. Baisse, baisse, baisse. Nous n'avons pas besoin de cette nouvelle direction, qui est à la hausse.

Dans *la Logique de la Dissuasion,* Anthony Kenny, philosophe et ancien prêtre, ne se trompe jamais dans sa quête d'un espace vital moral dans le monde nucléaire. En termes d'éthique, de justice et d'humanité, la dissuasion est destructrice. Il n'est pas surprenant qu'elle n'ait pas de logique non plus. Une première attaque est moralement impossible. Mais il en va de même de la seconde. La dissuasion ayant échoué, elle ne peut pas avoir d'effet rétroactif par représailles. Schell l'explique très clairement :

« ... aucune action n'aurait de sens " si la dissuasion échoue "... Quand on demande au président ce que feront les Etats-Unis s'ils subissent une attaque nucléaire de la part de l'U.R.S.S., il ne peut pas répondre : " J'appellerai immédiatement le premier secrétaire et je lui demanderai de bien vouloir arrêter ". Il ne peut pas dire au monde que si nous subissons une attaque nucléaire nous répondrons par un coup de téléphone. Parce que dès qu'il donnerait cette réponse, la dissuasion se dissoudrait. »

Il est généralement encourageant de voir le poids des Eglises engagé dans l'unanimité utopique sous forme de déclarations du pape, de lettres pastorales, d'activisme responsable, etc. Mais les armes nucléaires sont des miroirs où se reflètent toutes les versions de la forme humaine. La formation religieuse de loin la plus influente sur terre, les Nouveaux Evangélistes, qui exercent un pouvoir réel, anticipent ardemment « une guerre sainte nucléaire » qui exaltera Israël (où commenceront les hostilités) et écrasera l'U.R.S.S. avant de se poursuivre par une dramatisation de l'Apocalypse. Ces gens sont *born again*[1] mais ils semblent vouloir mourir à nouveau. Une guerre nucléaire « sainte » : nous regardons là dans la fournaise de l'enfer de la bêtise, un enfer qui est l'un de nos futurs possibles.

J'écris ces mots en Israël. Notre groupe

1. Secte chrétienne dont les membres se considèrent « re-nés » grâce à leur nouvelle foi.

vient de visiter le musée de l'Holocauste. Notre groupe vient de monter à Massada. « Massada » : bien que l'authenticité de l'histoire de Massada reste incertaine, son importance en tant que créatrice de mythes dans l'idée juive est évidente. (D'où le « complexe de Massada », en fait une formulation des Faucons utilisée pour étayer le maximalisme israélien. Suppression, révolte, siège, suicides de masse, sacrifice. Un holocauste est un sacrifice, « un sacrifice totalement consommé par le feu... une offrande entièrement brûlée... un sacrifice complet ».)

La vue vers le nord du monstrueux rocher de Massada est une vue d'une beauté transcendante. Elle vous fait comprendre ce que vivre sur une planète veut dire ; elle vous fait comprendre ce que vivre sur une planète plus grande, plus vide, plus propre et plus innocente que la terre veut dire. Tout, les rudes montagnes à gauche, les éperons et les ondulations de la plaine, la mer Morte, les hauteurs embrumées du Jourdain, tout est massivement dominé par le ciel ; même les étendues miroitantes de l'eau ne peuvent refléter qu'une fraction du bleu ambiant. En fait la biosphère est creuse : l'espace, l'espace sidéral n'est qu'à une heure de route (l'espace est plus proche que Jérusalem) ; mais le ciel judéen semble infini. En dessous, le terrain est un terrain pour la guerre, la guerre conventionnelle : mort conventionnelle, destruction conventionnelle, sous ces mêmes cieux. Mais une autre guerre, une guerre nucléaire (j'y pense avec un double vertige) pourrait détruire le ciel même. Plus tard dans la journée, un journaliste du *Jerusalem Post* m'a parlé de « l'entrepôt », un bâtiment dans le désert entouré de barbelés et de gardes armés, le lieu supposé de l'effort nucléaire israélien. On ne sait pas clairement — et on ne le saura jamais — si Israël possède la bombe ou juste la capacité de la fabriquer. Je voudrais savoir à quoi elle lui servirait. A quoi servent-elles, en général ? Beyrouth et Damas sont toutes les deux à soixante kilomètres de la frontière israélienne, une heure de route, comme l'espace. Pour Israël, une arme atomique serait une arme de Massada. C'est ce que sont les armes atomiques : des armes de Massada.

En attendant, elles s'approprient nos vies spirituelles. Il pourrait y avoir un « clergé » nucléaire, mais nous sommes les suppliants et nous n'avons aucune foi. Les ogives sont nos dieux. Les armes atomiques pourraient apporter l'Apocalypse en quelques heures ; elles pourraient le faire aujourd'hui. Bien sûr, aucun mort ne se lèvera ; la révélation de rien (« rien » veut dire deux choses, l'absence de tout et une chose qui s'appelle « rien »). Des événements que nous considérons comme des « actes divins » — inondations, tremblements de terre, éruptions — ne sont que des incidents comparés à l'acte humain de la guerre nucléaire : un million d'Hiroshima. Comme Dieu, les armes atomiques sont des créations libres de l'esprit humain. Contrairement à Dieu, les armes atomiques sont réelles. Et elles sont ici.

Que l'on éprouve de la révulsion devant la D.M.A. est compréhensible et nécessaire. Je suggère, cependant, que la D.M.A. n'est pas un simple fruit de la politique mais le fruit des armes elles-mêmes. Nous en revenons toujours aux armes comme si elles étaient des acteurs plutôt que de l'équipement ; et elles gagnent ce statut du fait de leur puissance cosmique. Ce sont des acteurs et, considérées à l'échelle humaine, des acteurs fous. Les armes sont folles, elles sont M.A.D. : elles ne peuvent prendre aucune autre forme. Dans une de ses élucubrations philosophiques, Anthony Kenny dit que « les armes considérées comme de purs articles de quincaillerie inanimés ne sont pas, bien sûr, des objets d'évaluation morale. C'est l'utilisation qu'on en fait... ». Ce n'est pas vrai. Des preuves récentes montrent avec force que les armes nucléaires, dans leur état inerte, sont responsables d'une variété de cancers et leucémies. Quelle toxicité, quel pouvoir, quelle portée ! Elles causent la mort avant même d'entrer en action.

La bombe A est une bombe Z et la course aux armements est une course entre les armes nucléaires et nous. Ce sont elles ou nous. Que font les armes nucléaires ? A quoi servent-elles ? Depuis quand voulons-nous tous nous entre-tuer ? Les armes nucléaires empêchent un holocauste nucléaire en menaçant d'un holocauste nucléaire et si les choses tournent mal, voilà ce que vous obtenez : un holocauste nucléaire. Si les choses ne tournent pas mal, et continuent à ne pas mal tourner pendant le prochain millénaire de millénaires (les quarante ans dont on se vante n'étant pas plus que quarante battements de paupières en temps cosmique), vous obtenez... Qu'est-ce que vous obtenez ? Qu'est-ce que nous obtenons ?

Au goûter multiracial des enfants, les invités

se tiennent peut-être un peu mieux depuis qu'on a introduit les Gardiens. Le petit Ivan ne tire plus les cheveux de Fetnab, bien qu'il lui donne encore des coups de pied sous la table. Bobby a rendu la part de gâteau qui appartient de plein droit à la fragile Conchita bien qu'il guette son sandwich — il se l'appropriera tôt ou tard. Sur la pelouse, les Gardiens maintiennent une sorte d'ordre, mais les standards de conduite sont aussi troglodytes qu'avant. Au mieux, les enfants semblent étrangement calmes ou ternes. Bien qu'ils soient conscients de la présence des Gardiens, ils ne veulent pas croiser leur regard. Ils ne veulent pas penser à eux. Parce que les Gardiens mesurent trois cents mètres de haut, ils sont couverts de gélignite et de lames de rasoir, ils transportent des lance-flammes et des mitraillettes, des fendoirs et des broches et ils écument de rage, couverts de pustules et de lèpre. Etrangement, ils ne regardent pas du tout les enfants. Les yeux sanglants de chien d'enfer, ils lancent d'horribles menaces et secouent les poings, ils se regardent les uns les autres. Ils veulent s'en prendre à quelqu'un d'aussi grand qu'eux...

Si seulement ils le savaient — non, si seulement ils le croyaient —, les enfants n'auraient qu'à demander aux Gardiens de partir. Mais cela ne semble pas possible, n'est-ce pas ? Cela semble, cela semble... inconcevable. Le silence commence à se faire sur la pelouse. La fête n'a pas duré très longtemps et elle doit continuer jusqu'à la fin des temps. Les enfants sont déjà pleurnicheurs et fiévreux. Ils se sentent tous malades et veulent rentrer chez eux.

Bujak et la Force puissante
ou
Les Dés de Dieu

Bujak ? Ouais, je le connaissais. Toute la rue connaissait Bujak. Je l'ai connu avant et après. Nous connaissions tous Bujak : soixante ans, taillé dans la masse, tout en muscles et tendons, je le vois encore sourire à un feu de joie dans le jardin, porter des bureaux et des canapés sur le dos, soulever un buffet plein de livres d'une seule main. Bujak, le colosse. C'était aussi un rêveur, un lecteur, un discoureur... On dormait bien plus tranquille rien que de savoir que Bujak habitait la rue. C'était en 1980. Je vivais à Londres, l'ouest de Londres, le quartier du carnaval, ce que la police appelle ici *le front*. « DR ALIMANTADO », « FILS DU TONNERRE », « GUERRE DES RACES », « NO FUTURE » : les tresses desséchées des rastas, les filles balafrées dans les pubs détrempés. Ces Noirs, ils parlaient tout le temps comme des ivrognes belliqueux. Si j'allais à Manchester pour voir ma petite amie, je laissais toujours une clef à Bujak. Les mains qu'il a, aussi dures que du charbon, les ongles tout à fait carrés et symétriques, comme ses dents. Et les avant-bras, les avant-bras de Popeye, massifs, couverts de tatouages et brutaux, des armes d'une puissance monstrueuse. Malgré sa taille, sa puissance semblait l'habiter, comme s'il était l'essence d'un homme encore plus grand ; il était la solidité personnifiée. Je suis aussi grand que Bujak mais je pèse moitié moins que lui. Non, encore moins. Bujak m'a dit un jour que pour créer un homme à partir du néant il faudrait l'énergie équivalente à une explosion de mille mégatonnes. En regardant Bujak, on pouvait le croire. Quant à moi, eh bien, un seul bâton de TNT suffirait, une grenade, un pétard. Dans ses rapports physiques avec moi (vous savez, la façon dont quelqu'un traverse une pièce vers nous peut être un événement physique), il montrait la condescendance tendre d'un homme grand envers un plus petit. Il était probablement comme ça avec tout le monde. Il était protecteur. Et puis, voilà qu'au bon Bujak, si attentionné, souriant, la pire chose est arrivée. Un holocauste personnel. Dans les jours qui suivirent, j'ai vu et senti toute la violence de Bujak.

Sa vie s'ancrait profondément dans le siècle. Originaire d'une caste de guerriers, il s'était battu à Varsovie en 1939. Il avait perdu son père et deux frères à Katyn. Il avait été dans la résistance, il y avait été toute sa vie. En cette qualité, il avait infligé (et c'est une histoire de violence, de souffrance) beaucoup de tortures soignées à des collaborateurs nazis. Il s'était soulevé avec l' « Armia Kraiova » et avait été emprisonné en décembre 1944. Après guerre, il avait travaillé dans un cirque itinérant où il faisait le colosse, pliait des barres, défonçait des murs de briques, tirait des camions avec les dents. En 1956, l'année de ma naissance, il était là pour l'octobre polonais et pour le novembre hongrois. Puis les Etats-Unis, les vastes salles, les files d'attente et les boxes d'Ellis Island avec sa femme, sa mère et sa fille, toute petite. Sa femme Monika avait été hospitalisée à New York pour une cause mineure ; elle attrapa un supergerme de l'hôpital et mourut dans la nuit. Bujak travailla comme débardeur à Fort Lauderdale. Il reçut et donna plus d'une rossée salée à divers briseurs de grève, gangsters ou casseurs syndicalistes. Mais il prospérait comme on est censé le faire en Amérique. Ce qui l'avait amené en Angleterre, c'était, je crois, une certaine sorte de nostalgie polonaise (déplacée) ou de snobisme, et un désir de paix. Bujak avait vécu le XXe siècle. Et puis, un jour, le XXe siècle, un siècle qui ne ressemblait à aucun autre, vint frapper à sa porte. Bujak le dévoreur de livres lui-même, j'en suis sûr, avait vu que cette calamité était, dans un sens, postnucléaire, einsteinienne. Elle mit certainement fin à son univers existant. Oui, ce fut l'Apocalypse de Bujak.

J'ai rencontré Bujak pour la première fois, une matinée hivernale de la fin du printemps 1980 ou de PN 35, si l'on utilise le calendrier postnucléaire qu'il préfère parfois. La voiture de Michiko avait quelque chose qui n'allait pas, comme d'habitude (en l'occurrence un pneu crevé) et j'étais par terre en train de lutter avec les outils de cambrioleurs et la roue de secours. Compacte et silencieuse, Michiko me regardait tristement. J'avais réussi à défaire les écrous du pneu crevé mais l'ouverture pour le cric était dangereusement ramollie et rouillée. La pique verticale s'enfonça dans le châssis de la petite voiture qui avait souffert si longtemps et resta stoïquement rivée au sol. Je dois reconnaître que je suis toujours en très mauvais termes avec le monde inanimé. Même quand je fais une tasse de café ou que je change une ampoule (ou un fusible !), je me demande ce que ces objets me veulent. Pourquoi sont-ils si agressifs ? Qu'est-ce que je leur ai fait ? Les objets et moi, nous ne pouvons pas continuer comme ça. Nous devons arriver à un compromis, un gel avant de commettre un acte irréparable. Je dois rencontrer leurs représentants et parvenir à un accord.

— Arrête, Sam ! me dit Michiko.

— Achète-toi une vraie voiture ! lui dis-je.

— Je t'en prie, arrête. Arrête ! Je vais appeler une dépanneuse.

— Achète-toi une vraie voiture, lui dis-je en pensant : « ouais ou un vrai petit ami ».

De toute façon, je jetai les outils dans leur sac, je me nettoyai les mains et j'essuyai mes larmes quand je vis Bujak traverser la rue à grands pas vers nous. Je surveillais son approche avec méfiance. J'avais vu cet immigrant mastoc ou ce Polak attardé par la fenêtre de mon bureau, en train de s'affairer dans la rue, toujours prêt à faire valoir son adresse et son habileté primitives. Je n'étais pas content de le voir. J'avais assez de paranoïa commune ou du moins j'en avais assez à l'époque. Maintenant j'ai grandi un peu et je me suis rendu compte que je n'avais rien à craindre, rien d'autre que la fin du monde. Avec tout le monde. Au moins, dans la prochaine guerre, il ne sera pas question de poules mouillées, de souffre-douleur ou de concours d'impopularité.

Le génocide a fait son temps et nous nous préparons à quelque chose de plus grand maintenant. Le suicide.

— T'es juif ? me demanda Bujak de sa voix profonde et éraillée.

— Ouais, dis-je.

— Comment tu t'appelles ?

Non mais, il voulait peut-être aussi mon numéro.

— Sam, lui répondis-je.

— C'est le diminutif de quoi ?

J'hésitais et je sentis les yeux de Michi dans mon dos.

— De Samuel ?

— Non, dis-je. Euh, de Samson.

Son sourire me dit bien des choses, la plus évidente que j'avais devant moi un homme heureux. On ne voyait plus que ses yeux et ses dents, son sourire était ridicule de gaieté et de candeur. Mais alors le bonheur est une condition vraiment clownesque quand on prend le temps d'y penser. Je veux dire, le bonheur à longueur de journée, ce n'est guère une réponse appropriée. Pour moi, cela lui donnait un élément d'instabilité, de contre-force, de violence. Mais ici Bujak était clairement heureux, dans son univers. Bujak avec son accessoire de bonheur.

— D'habitude, les Juifs sont bons ici, dit-il et il frappa son crâne rasé du bout du doigt. C'est leurs mains qu'ils savent pas utiliser.

Bujak, lui, savait : pour le prouver, il se pencha en avant et souleva la voiture.

— Vous plaisantez, lui dis-je.

Mais non. Tandis que je me mettais au travail, il taillait une bavette avec Michiko, en lui demandant nonchalamment si elle avait perdu de la famille à Nagasaki ou Hiroshima. En fait oui, Michi avait perdu un cousin de son père. C'était nouveau pour moi mais je ne ressentis aucune surprise. Il semble que tout le monde perde quelqu'un dans ces grandes morts. Bujak changea de position avec aisance et, à un certain moment, souleva une main oublieuse pour se gratter le crâne. La voiture ne bougea pas d'un cheveu. Je regardai Bujak tout en travaillant, et je vis que sa force ne devait rien aux épaules ou au grand dos courbé, elle était tout entière dans les bras, rien que les bras. On aurait dit qu'il soulevait la trappe d'une porte de cave ou qu'il tenait une serviette pour une petite fille qui s'habillait sur la plage. Puis il me prit durement la clef des mains et posa un genou à terre pour serrer les écrous. Quand le bloc grainé de sa tête se redressa, les sourcils de Bujak étaient froncés et il n'y avait plus aucune lueur d'amusement dans ses yeux qui parcoururent durement aussi mon visage. Il fit un signe de tête à Michi et me dit :

— Et toi, qui tu as perdu ?

— Hein ? dis-je.

Si je comprenais sa question, alors la réponse ne le concernait vraiment pas.

— Je donne tous les ans de l'argent à Israël, dit-il. Pas beaucoup. Un peu. Pourquoi ? Parce que j'ai honte de ce que les Polonais ont fait aux Juifs. Même après la guerre, dit-il avec un rictus. C'est une honte. Tiens. Il y a un réparateur de pneus dans Basing Street. Dis-lui que tu viens de la part de Bujak et ils te le feront pour un bon prix.

Nous le remerciâmes tous les deux. Il s'éloigna, mesurant la rue de ses grandes enjambées.

Plus tard, je le vis par la fenêtre de mon bureau qui taillait ses roses dans le jardinet devant sa maison. Une fillette, sa petite fille, lui grimpait sur le dos. Je le voyais souvent par la fenêtre de mon bureau. A cette époque, en 1980, j'essayais de devenir écrivain. C'est fini. Je ne supporte pas l'étude de la vie, la vie de l'étude. C'est la seule histoire que je raconterai jamais et c'est une histoire vraie... Michiko fut immédiatement conquise par Bujak et lui déposa un mot de remerciement l'après-midi même. Mais moi, il me fallut pas mal de temps avant d'être vraiment en bons termes avec Bujak.

J'interrogeais les gens sur ce personnage comme le ferait tout apprenti écrivain. Je l'ai déjà dit, tout le monde connaissait Bujak. Dans les rues, les pubs, les magasins, on parlait de lui comme d'un bricoleur, un homme à tout faire, omnicompétent : tout ce qui fait marcher une maison, la maintient en vie, Bujak le connaissait, les artères, les revêtements, les glandes et les entrailles. Tout le monde s'accordait aussi pour le décrire comme un excentrique, un rêveur, un « philosophe », ce qui n'était pas, dans ce quartier, une vocation appréciée et on le disait même, parfois, totalement toqué (un de ces mots qui ne sonnent jamais juste sur des lèvres américaines, comme fric et foutu). Les gens reconnaissaient en Bujak un homme qui avait le sens de la famille : un jour, Michi et moi, nous l'avons aperçu d'assez loin, devant l'église russe à l'angle de Petersburgh Place et Moscow Road, en complet, droit comme un i, avec sa mère, sa fille et sa petite-fille. Je me souviens avoir pensé que même l'énorme Bujak pouvait faire preuve de la délicatesse exagérée que l'on acquiert en vivant dans une maison pleine de dames. Mais les gens aimaient surtout raconter avec feu Bujak le défenseur de l'ordre, le gardien, l'artiste de la justice expéditive. Ils parlaient d'escarmouches, de vendettas, de guerre contre un seul homme, de grèves pré-emptives. Moi, l'Américain sans épaules, mes lunettes sur le nez, soit debout dans un pub, ma chope de bière en équilibre instable, soit appuyé à un comptoir, soit au coin d'une rue, un carton de lait et un journal sous le bras, on me régalait d'histoires de Bujak et de la force puissante.

La fois où il avait surpris deux jeunes Noirs en train de forcer la fenêtre du sous-sol d'un voisin et qu'il les avait envoyés rouler dans la rue en un tour de main, comme on nettoie un fossé. Ou ce qu'il avait fait à leurs grands frères quand ils lui avaient sauté dessus à Golborne Road le lendemain soir. N'importe quel bagarreur ou cambrioleur pincé par Bujak regrettait vite de ne pas être plutôt à l'abri sous la douche dans quelque bonne taule. Il s'en prenait à tout le monde. Dans une dispute contre la mairie, il avait un jour traîné une benne pleine d'ordures à cent mètres de sa porte. Une nuit, il était sorti et avait renversé un camion après une querelle avec des entrepreneurs en bâtiment locaux à propos d'un générateur. Les femmes de Bujak pouvaient passer dans All Saints Road à n'importe quelle heure sans jamais être importunées. Et Bujak lui-même pouvait faire taire un pub rien qu'en passant devant. Il était pourtant populaire. C'était l'homme de la communauté, de cette communauté que la rue avait confiée à Bujak. Il était notre force de dissuasion.

Et ça n'a pas suffi... Maintenant, en 1985, j'ai du mal à croire que la ville n'est rien de plus que la somme de ses rues, assis ici, alors que l'Upper West Side braille à ma fenêtre et tiraille mon cœur. Parfois quand je songe au danger de New York, je regarde la ville qui s'étale sous mes yeux : on la dirait mi-construite, mi-détruite, la moitié (peut-être la base) de quelque chose de plus grand déchiré en deux, effiloché, vibrant, humide de pluie ou de liquide à souder. Et je me dis alors : vous voulez me faire croire que ça, c'est censé être une *communauté* ?... Ma femme et ma fille y circulent, parmi les infractions, les destructeurs de vie, les assassins innocents. Michiko amène notre petite fille à la garderie là où elle travaille. La garderie, c'est bien. Et s'il y avait une garderie pour nous protéger à l'aube, entre chien et loup ou la nuit ? Si seulement j'avais une force dont je pourrais les envelopper, oh, si seulement j'avais la force puissante... Bujak avait raison. Il y a dans la ville maintenant des composants en liberté, des particules accélérées, quelque chose s'est libéré, quelque chose se tortille, décrit des ellipses, tournoie vers le bord de son sillon. Quelque chose doit céder et ce n'est pas sûr. Il faut faire terriblement attention. Parce qu'il n'y a plus de sécurité dans nos vies. Elle nous a abandonnés pour toujours. Et que font les animaux quand on ne leur donne que du danger ? Ils fabriquent encore du danger, plus, beaucoup plus de danger.

C'était en 1980, l'année de la naissance de

Solidarité et Bujak était polonais. Cette combinaison de circonstances me conduisit à supposer que Bujak avait des sentiments libéraux. En fait, ce n'était pas automatique. Tandis que je marchais fièrement à ses côtés en direction de la scierie ou des magasins de bricolage de Portobello Road, Bujak se déchaînait contre les Noirs, les *czarnuchy*, qui se pavanaient et bavardaient autour de nous. Les Noirs étaient à leur place, assurait-il en ricanant, dans un contexte de soleil, de vagues et de bananes à gogo ; mais dans une ville occidentale, ils n'étaient que des enfants, et ça se comprenait, des enfants en colère. Un jour il s'arrêta net pour s'extasier sur deux punks homosexuels avec des T-shirts qui disaient « NO FUTURE » et des cheveux comme des bonnets de vieilles dames. Ils venaient dans notre direction, main dans la main.

— Incroyable, non ? dit-il en roulant les r.

Pour ce qui est des pédés, Bujak considérait leur situation et leur profusion comme une matière einsteinienne aussi. Il avouait rêver de conduire une charge de cavalerie contre les rues et leurs étranges ensembles, il avait des fantasmes de sabots résonnants et de sabres tournoyants.

— Un désir que je refoule bien sûr. Mais si je pouvais seulement appuyer sur un bouton, ajoutait-il en dévorant des yeux les *pedaly*, les *czarnuchy*, les clochards qui se tournaient, gesticulaient, se secouaient et continuaient à avancer.

La violence chez un homme est en général le trop-plein d'autre chose. Vous savez comment ça se passe. Vous voyez ces types. Je suis d'une sensibilité qui me paralyse presque devant la violence des autres, je suis un détecteur de déchets radioactifs pour ces taches de rebut ou d'énormité qui débordent pour se transformer en force. Comme un canari dans une mine d'avant-guerre, je file vite quand il y a de la violence, quand il y a du poison dans l'air. Quelle est cette propension ? Appelez-la *peur,* si vous voulez. Oui, *peur,* ça ira. Une voix levée dans un restaurant et son résonnement aigre de brutalité et d'alcool, le regard qu'un homme jette à sa femme et qui la fait descendre dans l'échelle humaine, qui la prépare à la disgrâce humaine de la violence, la jambe qui part, l'œil qui s'allume, le bar du pub à dix heures cinquante-cinq. Je vois tout cela, mon corps le voit, et m'envoie une décharge d'adrénaline, me baigne de sueur froide. Je m'évanouis à la vue d'un pansement, d'une aspirine. Cette sensation de fragilité critique (moi, ma femme, ma fille, même notre pauvre planète, bleue layette enveloppée dans ses châles), cela a fini par m'écarter de mon étude. L'étude de la vie n'est que réflexion et inquiétude et je ne supporte plus l'étude de la vie.

Tard dans la nuit, dans le grand appartement de Bujak, parfumé, infesté d'icônes (la lueur bleue des saints, des bougies, des veilleuses), je scrutais le gros Polonais à la recherche d'excroissances de violence. Sa mère, la vieille Roza, faisait le thé. La vieille femme (son nom se prononce comme « rouge » avec un *a* à la fin) me calmait par sa présence iconique, les cheveux luisants dont le grain rappelait l'argent, tandis que Bujak parlait de la force puissante, de l'énergie enfermée dans la matière. Souriant dans la pénombre, Bujak me racontait ce qu'il avait fait à un collaborateur nazi à Varsovie en 1943. « Eh bien, m'étais-je dit ; je parie que ce type n'a plus beaucoup collaboré après ça. » Cependant je n'avais pas pu cacher mon dégoût.

— Mais ça ne te fait pas plaisir ? me demanda Bujak.

— Non, dis-je, et je ne vois pas pourquoi ça devrait me faire plaisir.

— Ces gens-là t'ont tué deux grands-parents.

— Ouais, dis-je. Et alors ? Ça ne change rien.

— La vengeance, dit simplement Bujak.

— La vengeance est surfaite, lui dis-je. Et démodée.

Il me jeta un regard chargé de violent mépris. Il ouvrit les mains d'un geste explicatif : les mains, les bras, les policiers de sa volonté. Bujak était un fervent admirateur de la vengeance. Il avait beaucoup de temps à consacrer à la vengeance.

Un jour, je l'ai vu utiliser ces mains, ces bras. J'ai tout vu par la fenêtre de mon bureau, l'écran à quatre carreaux (taché de lune avec un croisillon qui s'y reflétait) à travers lequel me parvenait le monde à l'époque. Je vis les quatre types descendre des deux voitures et s'immobiliser devant la maison de Bujak. Est-ce que j'ai entendu un hurlement venir de l'intérieur, cri d'avertissement ou de désir ?... La fille de Bujak donnait beaucoup de chagrin au vieil homme. Son prénom était Leokadia mais elle aurait dû s'appeler Ennuis. D'une beauté rustique, elle n'en était pas moins superbe à trente-trois ans, grande, potelée, terrible et la larme facile, elle était l'élément instable du nucléus de Bujak. J'avais remarqué qu'elle avait deux voix : une pour la vérité et une pour les bêtises, pour les mensonges. Sous la surface brune et brillante de ses robes à l'ancienne, le convexe et le concave étaient disposés de façon intéressante. Sa fille, la petite Boguslawa, était le contrecoup de quelque romance chaotique de douze heures. Il était bien connu dans la rue que Leokadia avait la cuisse hospitalière : le genre de fille (comme on disait) qui rougissait à chaque fois qu'elle voyait un camion militaire. Elle avait même essayé avec moi, ici, à l'appartement, une fois. Inutile de le préciser, sans succès. J'avais mes raisons : la peur de représailles de Michiko et Bujak lui-même (ils m'apparurent tous les deux étrangement aussi grands) ; aussi, plus fondamentalement, parce que je ne suis pas du tout sûr que je saurais m'y prendre avec quelqu'un comme Leokadia au lit. Toute cette poitrine et cet arrière-train. Toutes ces taches de rousseur et ces larmes... Pendant six mois elle avait vécu avec un homme qui la battait, l'agile petit Pat, tout en muscles, anguleux, les nerfs à fleur de peau. Je pense qu'elle le battait aussi un peu. Mais la violence est finalement un talent masculin. La violence, voilà un travail d'homme. Leokadia continuait à retourner chez Pat, ne me demandez pas pourquoi. Je ne sais pas. On ne sait pas. La revoilà, qui lui court après sur ses hauts talons, un œil au beurre noir, une joue éraflée, les cheveux arrachés. Personne ne sait pourquoi. Elles ne savent même pas elles-mêmes. Etonnamment, Bujak ne s'en mêlait pas, il restait à distance, imperturbable, même s'il essayait de garder la petite fille, Boguslawa, tranquillement à la maison, hors de la turbulence. On voyait souvent la vieille Roza amener l'enfant d'un appartement à l'autre. Après son deuxième séjour à l'hôpital (côtes cassées cette fois), Leokadia dit *salut bonjour* et rentra définitivement chez elle. C'est là que Pat débarqua avec ses copains et trouva Bujak qui l'attendait.

Les trois hommes (j'ai tout vu) avaient une expression qui ne faisait aucun doute, l'allure typique du mauvais garçon anglais, le bide en avant et les jambes longues, les mollets arqués vers l'arrière, les cheveux clairsemés, des visages ni jeunes ni vieux comme s'ils avaient vieilli beaucoup plus vite qu'un an à la fois. Je ne sais pas si ces types auraient fait peur à beaucoup de monde aux Etats-Unis mais je suppose qu'ils étaient assez costauds et leurs intentions évidentes. (Est-ce que vous avez lu l'histoire des meurtres Yablonsky ? Aux Etats-Unis, aujourd'hui, si vous êtes sur la liste, ils arrivent et s'occupent de toute la famille. Oui, ils vous annihilent tout simplement maintenant.) De toute façon, ils m'ont fait peur. Je me tortillais à mon bureau tandis que Pat entrait le premier par la porte du jardin. Je détestais les pattes d'éléphant de son jean, les chaussures de course compactes, la Lacoste étroite. Puis la porte s'est ouverte : Bujak est apparu avec ses lunettes, en tricot de corps et bretelles, vieux, immense. Par un réflexe qui disait leur sérieux et leur mépris, les hommes ont relâché les épaules, mains ballantes, prêts. Ils échangèrent des mots, exigence, refus. Ils avancèrent.

Là, j'ai dû ciller ou fermer les yeux ou les détourner (ou m'évanouir). J'ai entendu trois coups, à espace régulier d'une seconde, nets, directs, atroces, chacun comme une hache qui fend du bois gelé. Quand j'ai levé les yeux, Pat et un de ses amis étaient couchés sur les marches ; les autres types battaient en retraite, s'éloignaient du site de cet incident, de cette démonstration. Impassible, Bujak s'agenouilla pour faire quelque chose de plus à Pat par terre. Sous mes yeux, il écarta les cheveux et enfonça soigneusement un poing à neutrons dans le visage de Pat. J'ai dû aller m'étendre après ça. Mais deux semaines après, j'ai vu Pat assis seul au London Apprentice ; il tremblait de remords dans le coin derrière le juke-box ; la tache plissée sur sa joue flamboyait de toutes les couleurs de la flamme et il buvait une bière avec une paille. Ce seul coup l'avait fait payer pour tous ceux qu'il avait donnés à Leokadia.

Je suis toujours resté au bord de l'amitié avec Bujak. Je ne sais pas si nous sommes jamais vraiment devenus amis. Les différences d'âge ne sont pas faciles à surmonter. L'amitié n'est pas facile. Quand l'holocauste particulier de Bujak est arrivé, je lui ai été de quelque utilité ; j'ai été mieux que rien. Je suis allé au procès. Je suis allé au cimetière. J'ai pris ma part de la force puissante, le peu que j'ai pu prendre... Une douzaine de fois peut-être pendant cet été, avant l'arrivée de la catastrophe (elle s'est approchée doucement, puis de plus en plus vite), je suis resté assis tard sur son porche, derrière la maison, quand toutes les femmes étaient allées se coucher. Bujak regardait les étoiles. Il parlait et buvait son thé.

— Si l'on voyageait à la vitesse de la lumière, me dit-il une fois, on pourrait traverser l'univers entier en moins d'une seconde. Le temps et la distance seraient annihilés et tous les futurs possibles.

« Sans blague ? » m'étais-je dit. Ou encore :

— Si l'on pouvait s'attarder au point où l'espace et le temps sont infiniment déformés par les forces de gravité, le temps passerait si lentement qu'une nuit durerait quarante-cinq secondes et qu'il y aurait trois élections américaines en sept jours.

« Trois élections américaines », me dis-je. « Eh bien, quelle semaine ennuyeuse ! » Et pourquoi était-ce lui le rêveur alors que moi, je restais cloué à cette terre ? Je me sentais mesquin et souvent je méprisais Bujak le rêveur, mais j'éprouvais aussi de la chaleur pour lui, tard dans la nuit, pour toutes les expériences qu'il avait accumulées (le temps avait travaillé sur son visage comme un sculpteur horriblement lent), et je le craignais, je craignais cette énergie lovée, enfermée et cachée en Bujak. Les yeux sur notre petit hémisphère d'étoiles (il existe peut-être des galaxies plus résidentielles que la nôtre : plus propres, plus sûres, mieux fréquentées), je ressentais seulement la fausse immobilité de la carte de la nuit, sa beauté dissimulant une violence énorme et routinière, l'univers en fuite, la matière en course, explosant aux limites du temps et de l'espace, tout en courbes et coups, tout en commotions et vibrations, infiniment et éternellement hostiles... Ce soir, pendant que j'écris, le ciel de New York aussi est plein d'étoiles, les mêmes étoiles. Voilà. Voilà Michiko qui descend la rue, main dans la main avec notre petite fille. Elles ont réussi. Enfin à la maison. Au-dessus d'elles les dieux s'amusent avec leurs dés noirs : trois, cinq et un. La Grande Ourse vient de jeter un quatre et un deux. Mais qui jette les six, les six, les six ?

Tous les maux particulièrement modernes, toutes les distorsions et les maladies récentes, Bujak les attribuait à une seule chose : la connaissance einsteinienne, la connaissance de la force puissante. C'était son paradoxe central que le plus grand génie de notre temps, le plus pur, le plus magique, avait fait entrer la terre dans l'ère de la misère, du blasphème et de la panique.

— Mais c'est bien le XXe siècle, disait-il ; il avait toujours été destiné à être l'époque du règne de l'ironie.

J'ai des oncles et des cousins qui parlent d'Einstein comme s'il était quelque joueur de foot célèbre, capitaine d'une équipe qui s'appellerait les Juifs (« cette intelligence, non mais regardez l'intelligence de ce type »). Bujak parlait d'Einstein comme s'il était le critique littéraire de Dieu, et que Dieu fût un poète. Moi, prosaïquement, j'aurais tendance à soupçonner Dieu d'être romancier, et un romancier bavard et profondément malsain par-dessus le marché... En fait la théorie de Bujak me plaisait beaucoup. Elle était, pour le moins, totalisante. Elle répondait à la grande question. Vous savez de quelle question je veux parler, et son inquiétude cumulative, son intérêt composé. Vous vous posez la question à chaque fois que vous ouvrez un journal ou que vous allumez la télévision ou que vous marchez dans les rues parmi les Fils du tonnerre. Nouvelles formations, déformations. Vous connaissez la question, cette question : *Que diable se passe-t-il au juste ici ?*

Le monde a l'air d'aller plus mal chaque jour. Est-ce qu'il va vraiment plus mal ou est-ce juste une impression ? Le monde vieillit. Le monde a tout vu et tout fait. Oh là là, qu'il est crevé. Il est au bord du suicide. Comme Leokadia, le monde a fait trop de choses trop de fois avec trop de gens, il l'a fait comme ceci, comme cela, avec celui-ci, celui-là. Le monde a été à tant de fêtes, dans tant de bagarres, il a perdu ses clefs, on lui a volé son sac, il est tombé, il a trop bu. Tout ça s'accumule. On lui présente l'addition. Notre destinée ironique. Regardez les infamies modernes, les péchés du XXe siècle. Certains sont étranges, d'autres banals, mais ils choquent tous, couverts de leur vernis fœtal. Les crimes de violence gratuits ou récréationnels, le totalitarisme chaque jour moins tacite de l'argent (l'argent, qu'est-ce que c'est que cette merde de toute façon ?), la prolifération pornographique, l'écroulement nucléaire de la famille (avec les reproducteurs qui se font de plus en plus critiques et les enfants qui se mettent à décamper aussi), les sapements et les distorsions d'une réalité médiatisée, la violence sexuelle infligée aux très vieux et aux très jeunes (aux faibles, aux faibles) : quel est le dénominateur commun caché ici et qu'est-ce qui pourrait *tout* expliquer ?

Pour paraphraser Bujak tel que je l'ai compris... Nous vivons dans un honteux royaume des ombres. Imperceptiblement notre conception de la vie humaine a changé, elle s'est dépréciée. Nous ne pouvons nous empêcher d'en avoir une plus piètre opinion aujourd'hui. Le genre humain s'est déclassé. Il ne vit plus ; il ne fait que survivre comme un animal. Nous endurons la honte du suicide, la honte de l'assassin, la honte de la victime. La mort est tout ce que nous avons en commun. Et quel en est l'effet sur la vie ? Voilà, en tout cas, les dommages que constatait Bujak. Si le monde désarmait demain, croyait-il, il faudrait encore au moins un siècle de récupération à l'espèce, après sa liaison, son flirt, sa chose avec la force puissante.

Tout ça n'était qu'une pure considération académique puisque Bujak était absolument convaincu que nous courions à notre fin. Comment l'homme (cette dangereuse créature, c'est vrai, regardez son *casier judiciaire*), comment l'homme pourrait-il résister à l'ivresse du Crime Parfait, celui qui détruit toute preuve, toute justice, tous les passés et tous les futurs ? J'étais assez du genre à marcher pour la paix, optimiste et trouillard, pour croire à l'autre voie. Disciple dévot de la peur, j'ai toujours pensé que la grosse brute et le grand salaud garderaient leurs distances : ils savent qu'il leur suffit de lever un poing pour calmer tout le pub. Ce n'est pas un chef-d'œuvre de réconfort, je suis d'accord, surtout pas à dix heures cinquante-cinq quand l'alcool coule encore.

— La théorie de la dissuasion, dit Bujak en ricanant, ce n'est pas juste une mauvaise théorie. Ce n'est même pas une théorie. C'est une insanité.

— C'est pour ça qu'il faut aller plus loin.

— Tu es unilatéraliste ?

— Euh oui, dis-je. Il faut bien que quelqu'un fasse le premier pas un jour. Le premier pas. L'Angleterre est historiquement bien placée pour essayer. Alors les Russes prennent l'Europe, peut-être. Mais ce risque doit être plus petit que l'autre risque, qui est infini.

— Cela ne change rien. Le risque reste inchangé. Tout ce que tu fais comme ça, c'est que tu rends la vie plus facile à abandonner.

— Eh bien, je pense seulement qu'il faut faire un premier pas.

Nos discussions finissaient toujours dans la même impasse. Je maintenais que les victimes d'une première attaque n'auraient aucune raison d'exercer des représailles et ne le feraient probablement pas.

— Ah oui ? dit Bujak.

— A quoi bon ? Tu n'aurais plus rien à protéger. Pas de pays, pas de population. Tu n'aurais plus rien à gagner. Pourquoi augmenter le massacre ?

— Pour se venger.

— Ah ouais. « Le feu de la bataille. » Mais ça n'est pas une bonne raison.

— A la guerre, la vengeance est une raison. La vengeance est aussi raisonnable que n'importe quoi. On dit que la guerre nucléaire ne sera pas vraiment une *guerre* mais autre chose. C'est vrai, mais elle aura l'air d'une guerre pour ceux qui s'y battront.

D'autre part, ajouta-t-il, personne ne pourrait deviner comment les gens réagiront sous l'effet de la force puissante. Une fois passée cette limite, le monde entier deviendrait soit fou soit animal, cesserait certainement d'être humain.

Un jour de l'automne 1980, Bujak partit en voyage dans le nord. Je n'ai jamais su pourquoi. Je l'ai vu dans la rue, ce matin-là, vision formidable, caparaçonné dans son costume bleu foncé. Quelque chose à son air allègre et courtois, sa casquette, sa cravate, me suggérait qu'il partait rendre visite à une ancienne amie. Le ciel était gris et fibreux, plein de blessures intéressantes, la rue humide jonchée de feuilles gluantes. Bujak me montra la porte de sa maison de son parapluie bien serré.

— Je reviens demain soir, dit-il. Je te les confie.

— A moi ? Euh, bien sûr. D'accord.

— Il paraît que Leokadia est enceinte. Deux mois. Pat. Oh ! ce Pat, il était vraiment trop méchant.

Il haussa fortement les épaules et reprit :

— Mais je suis content. Regarde Boguslawa. Son père aussi était un animal. Mais regarde-la. Une fleur. Un ange du paradis.

Et il s'en alla, à grands pas, l'air prêt à marcher tout le trajet si besoin était. Cet après-midi-là, je passai voir les filles et bus une tasse de thé avec la vieille Roza. Je me rappelle avoir pensé : « Bon sang, qu'est-ce qu'ils ont ces Polonais ? » Roza avait soixante-dix-huit ans. A cet âge-là ma mère à moi était morte depuis vingt ans. (Cancer. Le cancer est l'autre chose, la troisième chose. Quelquefois je le sens juste devant moi, crépitant comme la télévision à quelques centimètres de ma figure.) J'étais assis là et je m'émerveillais de la façon dont les femmes de Bujak étaient toutes dotées d'une certaine qualité de sauvagerie. Les yeux pieux et les cheveux comme de l'argent antique, Roza n'en était pas moins le genre de vieille femme qui aime encore rire à quelque blague bien salace et elle avait un rire très musical, une main levée en signe de douce propitiation. Je lui disais :

— Eh, Roza, j'en ai une bien bonne pour vous.

Et elle commençait à rire avant même que je commence. La petite Boguslawa, sept ans, silencieuse, sensible, était étendue à côté du feu et lisait, les yeux illuminés par la page. Même la beauté charnue de Leokadia semblait plus ferme, ses yeux contenaient mieux leur éclat. Elle me parlait maintenant d'un ton aussi égal qu'avant notre mêlée maladroite dans mon appartement. Vous savez, je crois que si elle avait la cuisse tellement hospitalière, c'était pour la raison habituelle : par soif d'approbation. L'approbation est une chose étrange et il en faut beaucoup plus à certaines personnes qu'à d'autres. De plus elle était manifestement très riche en qualités et essences féminines ; la prudence n'est pas facile pour les filles fabriquées comme ça. Maintenant elle était assise, calme, et ne faisait rien. Le drapeau rouge était baissé. Ses dangereux courants et marées étaient au repos. Une paix lunaire, Michi elle-même était parfois comme ça quand notre enfant était en chemin. Notre petite. En attente. Voilà ce qu'elles font : elles attendent. Je restai environ une heure puis je retraversai la rue pour retourner à mon bureau et ma petite vie. Je m'assis et passai le reste de la soirée à lire *les Mémoires de Mosby ;* et je surveillais vraiment la porte de Bujak par ma fenêtre. Le lendemain était vendredi. Après être allé déposer ma clef à ces dames, je pris la route vers le nord à mon tour, pour Manchester et Michiko. Pendant ce temps, des acteurs énergiques, des représentants vivants du XXe siècle, des monstres d'Einstein, descendaient vers le sud.

Samedi à minuit, Bujak rentra. Je ne sais ce qu'il trouva que par ce que les journaux et la police m'apprirent, plus un ou deux détails que Bujak laissa échapper. De toute façon je n'ajouterai rien. Je n'ajouterai rien à ce que Bujak trouva... Il n'eut aucune prémonition jusqu'à ce qu'il mette sa clef dans la serrure et constate que la porte était ouverte et cédait facilement sous sa pression. Il avança dans un silence profond. Il y avait une odeur étrange dans l'entrée, une odeur de cigarette et de confiture. Bujak ouvrit la porte du salon. La pièce avait l'air de la moitié d'une chose déchirée en deux. Par terre, une bouteille de vodka vide semblait inclinée sur son axe. Leokadia était étendue, nue, dans un coin. Une jambe pliée à un angle impossible. Bujak traversa les chambres terribles. Roza et Boguslawa étaient couchées sur leurs lits, nues, contorsionnées, glacées comme Leokadia. Dans la chambre de Leokadia, deux étrangers dormaient. Bujak ferma la porte de la chambre derrière lui et enleva sa casquette. Il s'approcha. Il se pencha pour les saisir. Juste avant, il plia les bras et éprouva la vibration de la force puissante.

Cela s'est passé il y a cinq ans. Oui, je suis là pour vous dire que le monde existe encore, en 1985. Nous habitons New York maintenant. J'enseigne. Les étudiants viennent à moi puis ils s'éloignent. Les intervalles, les espaces entre les choses sont assez grands pour que j'entr'aperçoive l'étude de la vie et que je la sache toujours aussi insupportable. Ma fille a quatre ans. J'étais présent à la naissance ou du moins j'ai essayé de l'être. D'abord j'ai été malade ; ensuite je me suis caché ; enfin je me suis évanoui. Ouais, j'ai été brillant. Trouvé et ranimé, on m'a ramené dans la salle de travail. Ils m'ont mis ce paquet ourlé de sang dans les bras. Je me suis dit alors et je me le dis encore : « Pauvre petite chose, comment s'en sortira-t-elle ? Comment ? » Mais j'apprends à vivre avec elle, avec la bombe de soucis, la bombe d'amour. L'été dernier, nous l'avons amenée en Angleterre. La livre était faible, le dollar fort, le valeureux, vaniteux dollar, pillard de l'Europe. Nous l'avons amenée à Londres, l'ouest de Londres, patrie du carnaval et des Fils du tonnerre. Patrie de Bujak. J'avais appelé ma propriétaire et vérifié que Bujak aussi était encore là en 1984. J'avais une question à lui poser. Et puis, Michi et moi, nous voulions montrer à Bujak notre fille, la petite Roza, en mémoire de la vieille femme.

C'est à la vieille Roza que je pensais le plus obsessivement pendant le pire voyage en voiture de ma vie, tandis que nous allions de Manchester à Londres, du beau au mauvais temps, au temps du dimanche. Ce matin-là, avec le café et le yaourt dans sa petite chambre, Michi me tendit le tabloïd taché et massacreur.

— Sam ? me dit-elle.

Je regardai l'histoire, le nom et je me rendis compte que la sale vie n'était plus ailleurs, n'était plus de l'autre côté mais qu'elle touchait notre vie, ma vie... Les voitures sont des choses terribles et il n'est pas étonnant que

Bujak les détestât. Les voitures sont des créatures cruelles, des monstres vicieux, sans pitié et inexorables qui n'ont qu'une seule idée, cette idée de A à B. Elles n'ont aucune indulgence. Nous glissions sur l'autoroute, une giclée de conduite. Les voisins étaient agglutinés quand nous nous sommes garés, les hommes portaient des parapluies, les femmes, bras croisés, secouaient la tête. Je traversai la rue et sonnai à la porte. Plusieurs fois. Et pour quoi ? J'essayai la porte de derrière, le porche de la cuisine. Puis Michiko m'appela. Bujak était assis à table, penché en avant comme s'il lui fallait toute la force de son dos et de ses épaules rien que pour rester dans cette position, rien que pour que son énergie de repos le garde assis et figé. Je frappai plusieurs fois à la vitre. Il ne bougea pas une seule fois. Il y avait du bruit dans mon oreille et les secondes s'éteignaient l'une après l'autre, plus lentes qu'une mèche de dynamite. La rue avait une odeur de cave. Je me tournai vers Michi et ses yeux à quatre paupières. Nous nous sommes regardés, debout sous la pluie battante.

Plus tard, je crois que je l'ai un peu aidé quand ça a été mon tour d'avoir affaire à la force puissante. Pour quelque raison Michiko ne put rien supporter de tout ça ; le lendemain même, elle me tira sa révérence et repartit directement en Amérique. Pourquoi ? Elle avait et elle a encore dix fois ma force. C'est peut-être pour ça. Peut-être était-elle trop forte pour céder à la force puissante. De toute façon je n'ai aucune prétention ici... Le soir, Bujak venait s'asseoir dans ma cuisine et il remplissait la pièce. Il voulait être proche de quelqu'un, il voulait être ailleurs. Il ne parlait pas. Le petit couloir vibrait d'étranges émanations, de pulsations, de retombées. Il était souvent difficile de bouger, difficile de respirer. Que ressentent les hommes forts quand leur force les abandonne ? Est-ce qu'ils écoutent le passé ou est-ce qu'ils entendent juste des choses, des voix, de la musique, le bouillonnement de chaudron de sabots distants ? Je serai sincère et dirai ce que je pensais. Je pensais qu'il devait peut-être me tuer, pas parce qu'il le voulait ou qu'il avait envie de me faire du mal, mais parce qu'il avait subi tellement de mal lui-même. Cela l'en libérerait, pour un moment. Il fallait que quelque chose cède. Je subissais l'après-coup, la radiation. C'était la seule chose à laquelle je devais contribuer.

Je suis aussi allé avec lui au procès et j'étais à ses côtés pendant cette torture, cette longue torture. Les deux inculpés étaient écossais, de Dundee, en liberté provisoire, la vingtaine, recherchés, bien que leur identité n'ait aucune importance. Ils ne plaidèrent pas la folie, ils n'en manifestaient aucun signe. La folie n'avait rien à voir dans tout ça. On ne comprenait rien de ce qu'ils disaient, donc un policier servait d'interprète. Voici leur histoire : ayant bu peut-être quelques bières de plus que recommandé, les deux hommes avaient rencontré Leokadia Bujak dans la rue et lui avaient proposé de la raccompagner chez elle. Invités à entrer, ils avaient à tour de rôle fait passionnément l'amour à la jeune femme, à sa demande, puis ils s'étaient installés pour un petit somme réparateur. Pendant qu'ils dormaient, d'autres étaient arrivés et avaient fait toutes ces choses horribles. Pendant tout cela Bujak restait assis et craquait doucement. Lui et moi, nous savions que Leokadia pouvait avoir fait une chose comme ça, une autre nuit, dans une autre vie, bon sang, elle aurait pu le faire, mais avec ces chiens, ces superchiens, ces sous-chiens, ces rongeurs pelés aux dents orange ? Cela n'avait de toute façon pas d'importance. Le jury délibéra moins de vingt minutes. Les deux hommes reçurent dix-huit ans. De mon point de vue, bien sûr (pour moi c'était le seul impondérable), la question principale ne fut jamais posée, encore moins résolue : elle concernait ces étranges secondes dans la chambre de Leokadia, Bujak seul avec les deux hommes. Personne ne posa la question. Je la lui poserais, quatre ans plus tard. Je ne pouvais pas alors... Le lendemain du verdict, j'eus une sorte de dépression. La gorge douloureuse, le nez et les yeux qui coulaient, je me traînais jusqu'à un avion. Je n'osai même pas dire au revoir. A Kennedy, qu'est-ce que je trouve : Michiko qui me regarde droit dans les yeux et m'annonce qu'elle est enceinte. Je me jette immédiatement à genoux, sur mes mauvais genoux, et l'implore de ne pas avoir ce bébé. Mais elle l'a eu, avec deux mois d'avance. Une autre histoire d'horreur d'Edgar Allan Poe : « Le Bébé Prématuré ». Sous la couveuse, sous la lampe, jaunisse, pneumonie, elle a même eu une crise cardiaque. Moi aussi, quand ils me l'ont dit. Elle a pourtant fini par y arriver. Elle est formidable maintenant, en 1985. Vous devriez la voir. C'est la bombe d'amour et ses retombées qui finissent par vous donner de l'énergie. On ne saurait plus se passer de cet amour... Les voilà dans l'escalier, je crois. Oui, elles entrent et tout change. Voici Roza et voici Michiko et me voici.

Bujak habitait encore dans cette rue. Il avait déménagé du 45 au 84 mais il y était encore. Nous avons demandé. Toute la rue connaissait Bujak. Et nous l'avons trouvé dans son jardin, devant la maison, qui regardait un feu crépiter et s'élancer, les gueules des flammes mordre soudain l'air, des serpents de flamme, dans le jardin de la connaissance. Après tout, nous savions affronter un feu quand il y en avait un ; nous n'allions pas nous faire brûler et griller. Il leva la tête. Le sourire d'ogre n'avait pas beaucoup changé, me dis-je, bien que la présence de l'homme se fût amenuisée de façon palpable. Toujours immense et vieux dans son gilet de corps, mais la masse, l'énergie qui le soutenait s'était adoucie et dispersée. Eh bien, il fallait que quelque chose cédât. Bujak avait adopté ou été adopté, ou en tout cas avait su se rendre indispensable dans une grande maisonnée hétérogène, surtout irlandaise. Les pièces, vigoureusement récurées, étaient nues et ordonnées, avec tout ce que le savoir-faire peut faire. Le déjeuner était servi sur la table en pin qui absorbait le soleil : de la bière, du cidre, du bruit et la photothérapie du soleil. La violence avec laquelle la rouquine d'une cinquantaine d'années reprochait son apparence à Bujak me montrait clairement qu'il y avait là un attachement romantique. Même là, alors que le vieux était plus près de soixante-dix ans que de soixante, je pensai avec effroi à Bujak au plumard. Bujak au lit ! Chose incroyable, son bonheur était intact, entier, intouché. Comment cela se faisait-il ? Parce que, je crois, sa générosité ne s'étendait pas seulement à la terre mais à l'univers entier, ou que simplement il aimait toute matière, son tournoiement et son charme, ses longueurs d'ondes qui s'allongent ou se raccourcissent, ses mouvements cachés. Le bonheur était là. C'était la force qui l'avait quitté pour toujours. Il dit, pendant le déjeuner, que une ou deux semaines plus tôt, il avait vu un homme frapper une femme dans la rue. Il leur cria dessus et les sépara. Pourtant, physiquement, il était incapable d'intervenir, impuissant, dit-il en haussant les épaules. On pouvait vraiment sentir la différence à la façon dont il bougeait, la façon dont il traversait une pièce vers vous. La puissance avait disparu ou la volonté de l'utiliser.

Après le déjeuner, lui et moi, nous sortîmes dans la rue. Michiko avait évité cette dernière rencontre, préférant rester avec les dames. Mais nous avions ma fille avec nous, la petite Roza, endormie sur l'épaule de Bujak. Je le regardai sans peur. Il ne laisserait pas tomber l'enfant repliée sur lui. Il avait pris possession de Roza et la serrait dans ses bras.

Comme si nous en étions convenus, nous nous arrêtâmes au numéro 45. Des gosses noirs jouaient maintenant dans le jardin avec un ballon de foot rouge dégonflé. Les anges passaient entre Bujak et moi et puis soudain il me sembla que nous pouvions dire ce que nous voulions. Donc je dis :

— Adam. Ne te fâche pas. Pourquoi est-ce que tu ne les as pas tués ? Moi, je l'aurais fait. Je veux dire, si je pense à Michi et Roza... (Mais en fait on ne peut pas le penser, on ne peut pas même ébaucher cette pensée. La pensée est de feu.) Pourquoi est-ce que tu n'as pas tué ces salauds ? Qu'est-ce qui t'a arrêté ?

— Pourquoi ? me demanda-t-il avec un sourire narquois. Et pour quelle raison ?

— Allez ! Tu aurais facilement pu le faire. Autodéfense. Aucun juge ne t'aurait mis en prison pour ça.

— C'est vrai. J'y ai pensé.

— Alors que s'est-il passé ? Est-ce que... est-ce que tu t'es soudain senti trop faible ? Est-ce que tu t'es juste senti trop faible ?

— Au contraire. Quand j'avais leurs têtes dans mes mains j'ai pensé à quel point il me serait facile de les écraser l'une contre l'autre, jusqu'à ce qu'elles ne fassent plus qu'une masse informe. Mais non.

Mais non. Bujak avait simplement traîné les hommes par les bras (huit cents mètres jusqu'au commissariat de Harrow Road), comme un père avec deux enfants fous furieux. Il les avait déposés et s'était essuyé les mains.

— Bon sang, ils seront libres dans quelques années. Pourquoi ne pas les avoir tués ? Pourquoi pas ?

— Je n'avais aucun désir d'ajouter à ce que j'avais trouvé. J'ai pensé à ma femme morte, Monika. J'ai pensé : elles sont toutes mortes maintenant. Je ne pouvais pas ajouter à ce que je voyais là. Vraiment la chose la plus pénible était de les toucher. Tu as déjà touché des queues de rats mouillées ? Des serpents ? Parce que je voyais bien qu'ils n'étaient pas des êtres humains après tout. Ils n'avaient aucune idée de ce qu'était la vie humaine. Aucune idée ! De terribles mutations, une honte pour leur forme humaine. Une honte éternelle.

Si je les avais tués alors je serais encore fort. Mais il faut commencer quelque part. Il faut faire un premier pas.

Et maintenant que Bujak a baissé les bras, je ne sais pourquoi, mais je me sens un tout petit peu plus fort. Je ne sais pas pourquoi, je ne peux pas vous dire pourquoi.

Un jour il m'avait dit :

— Il doit y avoir plus de matière dans l'univers que nous ne le pensons. Sinon les distances seraient horribles. J'en ai la nausée.

Einsteinien jusqu'au bout, Bujak était un oscillationniste, il affirmait que le Big Bang alternerait éternellement avec le grand écrasement, que l'univers se dilaterait seulement jusqu'à ce que la gravité unanime le ramène à son point de départ pour recommencer. A ce moment-là, avec le cosmos qui tournerait sur ses gonds, la lumière commencerait à voyager en arrière, reçue par les étoiles et déversée par nos yeux humains. Si, et je ne peux pas y croire, le temps aussi était inversé comme le maintient Bujak (est-ce que nous nous déplacerons aussi en arrière ? Est-ce que nous aurons notre mot à dire ?), alors ce moment où je lui sers la main serait le début de mon histoire, son histoire, notre histoire, et nous glisserions dans le temps de nos vies pour nous rencontrer à quatre ans de maintenant, au moment du plus grand chagrin, les femmes perdues de Bujak réapparaîtraient, nées dans le sang (et nous aurions aussi nos conversations, nous éloignant de plus en plus de la même conclusion) jusqu'à ce que Boguslawa se replie dans Leokadia et Leokadia dans Monika et Monika est là pour être enveloppée par Bujak jusqu'à ce que ce soit son tour de disparaître, un baiser au bout des doigts, reculant dans les champs jusqu'à la jeune fille distante qui n'avait pas de temps pour lui (est-ce que ce sera plus facile à supporter que dans l'autre sens ?) et puis le grand Bujak diminue, devient la chose la plus faible qui soit, impuissant, incapable de se défendre, nu, en larmes, aveugle et minuscule pour se replier dans Roza.

Intuition au lac de Feu

Journal de Ned

16 juillet. Eh bien, je suis vraiment très content que Dan vienne passer l'été avec nous, ici, au lac de Feu. J'en suis ravi. Il reste avec nous jusqu'à la mi-août. Il y aura des problèmes — Fran et moi, nous en convenons —, mais pour le moment il semble assez docile bien que très troublé. Fran aussi est un peu angoissée, bien sûr, mais nous en avons parlé la nuit d'avant l'arrivée de Dan et nous avons tout mis au clair. J'ai parlé au téléphone au docteur Slizard qui m'a prévenu que les médicaments que prend Dan le rendraient un peu maussade et renfermé pendant les trois ou quatre premiers jours. Sans oublier son chagrin. Pauvre Dan, j'ai vraiment de la peine pour ce gosse. Si brillant, si perturbé, comme son père, que Dieu ait son âme. Moi aussi j'ai du chagrin. Même si nous n'étions pas si proches (il aurait eu l'âge d'être mon père), quand même, quand un frère s'en va, c'est comme une petite mort. C'est une chose terrible. Dan fuit la chaleur en se réfugiant à l'intérieur. Il reste enfermé dans sa chambre. Le docteur Slizard m'a dit de m'y attendre. J'espère que le bébé l'amusera et le distraira.

Cependant, ça fait partie des choses qui inquiètent Fran. Eh bien. Ce ne sera pas l'été détendu auquel nous nous préparions. Mais nous y arriverons. Et je suis sûr que la lumière et l'espace du lac de Feu constitueront une thérapie utile pour Dan et pourront même l'aider à résoudre son problème.

Carnet de Dan

Le lac est comme une explosion...

Le docteur Slizard, au cours de notre longue discussion après la mort de papa, m'a assuré que j'étais *conscient* de ma condition. J'en suis *conscient* : je sais que je suis malade. Dans un sens ça m'a étonné mais, d'un autre côté, comment pourrait-on éprouver ce que j'éprouve et ne pas savoir qu'il y a quelque chose ? Pourtant il y a des gens dans ma condition qui n'en sont pas *conscients.* Ils éprouvent la même chose que moi et ils trouvent ça extra. Papa n'était pas *conscient.*

Pour l'instant, avec les médicaments supplémentaires et tout, je reste dans ma chambre. Je note calmement les effets secondaires : raidissement soudain de la langue, rougissements sans raison, montées de nausée, migraines aiguës. Tous les aliments ont le même goût. Ils n'ont aucun goût, ou plutôt un goût de sécheresse et de néant. Il y a la *perte d'affect* prévue, bien que, grâce à mon *intuition,* je perçoive tout plus nettement encore qu'avant. Je ne suis pas encore prêt pour la chaleur, je reste assis dans ma chambre et j'écoute les pleurs impuissants du bébé. Le bébé est assez mignon. Tous les bébés le sont : c'est forcé, à cause de l'évolution de l'espèce. Elle s'appelle, à ce qu'ils me disent, Harriet ou *Hattie*.

Je suis reconnaissant à oncle Ned et, je suppose, à sa nouvelle femme Francesca. Elle est jeune, dodue et très brune. Je sais qu'il fait trente degrés dehors mais elle devrait vraiment se couvrir un peu plus. Certaines lumières révèlent qu'elle a une fine moustache. Elle est petite mais grosse : un mètre soixante dans tous les sens. Elle ressemble à un bébé. J'ai beaucoup lu sur la schizophrénie. Ou, si vous préférez, j'ai lu peu mais en profondeur. J'ai lu la monographie importante du docteur Slizard, *la Schizophrénie*, quarante ou cinquante fois. Je ne quitte jamais la maison sans l'emporter. Slizard ne dit pas grand-chose de la sexualité schizophrénique parce que, apparemment, il n'y a pas grand-chose à en dire. Ce n'est pas très sexy, la schizophrénie. Presque personne ne baise.

Derrière la maison confortable qui ressemble à une cabane, il y a une forêt où j'irai peut-être me promener demain. Pour l'instant la forêt a l'air trop dure et artificielle. Le vert est si vert. Le bois si ligneux. Avec son scintillement crépitant et le jeu de protons des patineurs d'eau sur sa surface, le lac est comme une explosion, dans la dernière fraction de seconde avant qu'elle n'explose.

Journal de Ned

19 juillet. Bien que Dan ne soit pas un problème et qu'il continue à être très docile, j'avoue qu'il lui arrive de mettre notre patience à rude épreuve. Mais ce n'est pas grave. La patience est une activité, pas un état. On ne peut pas juste s'attendre à *être* patient. On y travaille. On s'y attelle. C'est à l'heure des repas que nous semblons avoir le plus grand besoin de patience. Nous avons besoin de toute la patience que nous pouvons trouver. Pauvre Dan, il a du mal à manger. Sa bouche paraît douloureusement sèche. Il mâche lentement et interminablement. Il plane une sorte de suspense de plomb sur la table tandis que nous attendons la disparition de chaque bouchée épique. Qu'on lui donne une tranche de melon bien juteuse et elle se transformera en écorce entre ses mâchoires. Fran et moi, nous nous embarquons dans les conversations les plus folles, nous parlons de *n'importe quoi,* juste une mise en scène pour le gosse. Et malgré ses médicaments supplémentaires, ses comprimés pour le chagrin, Dan n'est pas un zombie. Je préférerais parfois, mais ce n'est pas le cas. Il le sait. Il faut voir comment il rougit. Ce matin j'ai appelé le docteur Slizard à la Section. Il dit que l'état de Dan s'améliorera certainement dans un jour ou deux et qu'il commencera à communiquer. La façon dont Dan regarde le bébé inquiète Fran. Mon inquiétude pour Harriet est plus générale. Si l'on peut croire ou absorber ce que l'on lit dans les journaux, visiblement la saison de la chasse aux bébés et aux enfants est ouverte. On dirait que les gens se sont soudain mis en tête qu'ils pouvaient en faire ce qu'ils voulaient. Elle est en sécurité ici, bien entendu, mais il y a cette histoire de mort subite du nourrisson qui a été conçue exprès pour que les parents ne soient jamais en paix. Tous les matins quand j'entends Hattie pleurer ou babiller, je me dis :

« Ouf ! Elle a passé la nuit. » La façon dont Dan regarde le bébé inquiète Fran. Je lui dis qu'il regarde tout comme ça, moi, les murs, les libellules, le lac de Feu.

Carnet de Dan

Les journées sont torrides et infinies.

Les poissons font leur travail de poissons. Ils nagent leur shimmy puis montent avaler les insectes qui les attendent à la surface. Les insectes se montrent obligeants : ils acceptent, se soumettent au contrat. Ned fait son travail de Ned et Fran aussi. Quant au bébé, quant à Hattie, eh bien, je réserve mon jugement pour l'instant.

La nuit dernière, j'ai fait une addition remarquable à mon vaste répertoire de rêves atomiques, mes rêves de supercatastrophe nucléaire (on pourrait encore difficilement les appeler des cauchemars). Le dernier civil court à travers la dernière plaine poursuivi par le dernier pilote dans le dernier avion avec la dernière ogive. Ces deux acteurs se déplacent à la même vitesse, changement intéressant par rapport à la trame habituelle (fuite, ralentissement étrange), et l'avion subit toute la fatigue humaine métallique du cauchemar. La foulée du dernier civil est désordonnée et désespérée. Le dernier pilote le traque lourdement à travers la fumée. Je ne peux dire si je suis le dernier civil ou le dernier pilote ou simplement le dernier observateur et ça n'a pas d'importance parce que tout disparaîtra dans le dernier tonnerre aveuglant et le scintillement crépitant, dans la dernière insulte de lumière qui se déversera.

Oncle Ned avait vingt ans de moins que mon père. Par ailleurs, il a vingt ans de plus que Francesca, sa nouvelle femme. Elle regarde la télé pendant des heures ou du moins elle reste devant quand le poste est allumé. Elle lit des histoires idiotes dans des magazines idiots : comment Elizabeth Taylor a résolu son problème d'alcoolisme ; comment la maison de Cher est sérieusement hantée ; comment le président Kennedy est vivant et en bonne santé, avec Buddy Holly, sur la planète Krypton. Fran se vautre avec le bébé et écoute de la musique rock et pop à longueur de journée. Cette musique, cette absence béate de complication : des chansons sur la croissance individuelle. Avec toute sa chair brune, Francesca prend beaucoup de place. Elle est prodigieuse. Elle inonde la pièce. Il va sans dire que Ned ne peut pas la satisfaire. Elle a un bébé mais elle voudra bientôt davantage.

Comme la plupart des schizophrènes, je suis né pendant le quartier d'hiver. Beaucoup de gens sont interloqués par cette disposition saisonnière, pourtant l'explication semble assez claire. L'automne et l'hiver sont les périodes les plus dures pour les schizophrènes. Ils se sentent terriblement schizophrènes pendant l'automne et l'hiver. Ce n'est pas avant mars ou avril qu'ils ont envie de faire l'amour. Ce n'est pas avant mars ou avril qu'ils ont envie de faire des bébés schizophrènes.

Papa était un schizophrène gros. Pour l'instant moi, je suis maigre. Il avait beaucoup de tissus protecteurs et pouvait fonctionner normalement, brillamment même, pendant de longues périodes. Ses accidents psychotiques étaient rares et espacés. Mais le dernier a été fatal. Suicide. Je n'envisage jamais le suicide. Jamais. Je n'y pense même pas. Ce n'est tout simplement pas une option. Papa était physicien, dans son genre. Moi aussi, je le serai. Il travaillait dans le domaine subatomique. Je suis attiré par l'astronomie radiophonique et radiologique, par la cosmologie et l'uranométrie, par les étoiles. Je peux les voir maintenant, assis sous le porche, protégé par les moustiquaires, pendant que j'écris ces mots : les corps célestes, si gravement, si lourdement, si sinistrement inscrits dans le tissu de l'espace-temps.

Je peux m'asseoir dehors maintenant, dans l'ombre noire, souvent pendant une heure d'affilée. C'est comme de respirer du feu. Harriet, le bébé, seulement vêtue d'une couche, se trémousse par terre parmi les brindilles et les morceaux d'écorce, le tapis d'aiguilles de pins. De temps en temps, le bébé s'interrompt dans ses travaux de bébé et ensemble, nous plissons les yeux pour contempler les eaux lourdes du lac et nous écoutons la radiation en arrière-fond des insectes dans la forêt qui nous encercle.

Journal de Ned

22 juillet. Eh bien, voilà un progrès, une amélioration visible ! Nous avons encore pas mal de chemin à faire bien sûr. Je ne dirai pas qu'il est à proprement parler insouciant, mais en tout cas il ressemble beaucoup moins à Franz Kafka ou Ivan Lendl (oui, Lendl, avec encore deux sets à jouer contre son pire ennemi et après s'être traîné zéro à cinq dans le troisième). Il sort, il gribouille dans son carnet, il y a un peu de couleur sur ses longues joues. Sourire quand on s'assoit à table n'est plus l'effort d'il y a quelques jours. Fran est beaucoup plus détendue, bien qu'un peu éteinte, comme nous le sommes tous, avec la canicule que nous subissons (le bébé regarde toute cette chaleur qui nous entoure comme si elle ne pouvait pas y croire). Nous n'avons plus l'impression, par exemple, que nous devons nous cacher dans notre chambre. Bien sûr, il y a encore des choses bizarres. Le gosse est couvert de morsures de moustiques. On dirait qu'il a la rougeole. Il semble vraiment les attirer parce qu'ils ne troublent aucun de nous. Un jour, je suis passé devant lui au bord du lac et il y avait cinq ou six petits salauds qui se nourrissaient patiemment sur sa figure. Fran a remarqué que Dan émet une odeur, pas vraiment désagréable, pareille à celle des fruits blets (son père aussi l'émettait parfois) et c'est peut-être ce qui attire les insectes. Je lui ai demandé s'il voulait un produit répulsif ou autre mais il m'a juste souri et dit :

— Ça va, oncle Ned, ce n'est pas grand-chose. Désormais je les éviterai.

C'est qu'il est si engourdi par tous ces comprimés et médicaments qu'il prend, qu'il ne sent pas les morsures. Il n'éprouve aucune douleur... Il semble ravi par Harriet comme nous le sommes tous. Peut-être que Hattie a le béguin pour lui. Je dois dire qu'elle est un bébé de rêve. Moi qui suis venu à la paternité tard dans la vie, eh bien j'apprécie mon bonheur. Il y a quelque temps je n'avais rien.

Maintenant j'ai ces deux petits amours. L'amour parental est étrange, et il est si effrayant. J'aime Fran pour ses qualités. J'aime Hattie pour sa vie. Je ne veux rien d'elle, rien d'autre que sa vie. Je veux juste qu'elle existe. Je mourrais pour ça. Je veux juste qu'elle existe.

Carnet de Dan

Non, je ne crois pas m'être jamais senti plus calme.

C'était un pas simple et courageux : hier, j'ai cessé toute médication, pas seulement les calmants mais les mégavitamines et les anti-psychotiques. Slizard serait fou s'il savait. Mais Slizard ne saura jamais. Je me déprogramme, une fois pour toutes. Dorénavant je dépendrai uniquement de mon *intuition*. Je sens déjà les symptômes m'assiéger, à la recherche d'une brèche, en train de m'explorer. Certains sont vraiment assez bizarres ou ils le seraient si j'étais moins *conscient*.

Que je vous donne un exemple. Cet après-midi, j'étais couché par terre dans le salon, et je regardais comment le ventilateur du plafond dérangeait les toiles d'araignée tendues entre les poutres (et ici je suis entouré, vous comprenez, par le mobilier habituel de la vie au bord d'un lac, le style « cabane », le sel humide, les ustensiles de pêche, les graphes des moustiquaires tachées de cadavres d'insectes). Précédée par le double bruissement familier, le bruit des mains et des genoux sur le sol, la petite Harriet arriva à quatre pattes de la cuisine. Elle s'arrêta. Je tournai la tête.

Le bébé me sourit, avide de me reconnaître, et je suppose qu'elle était à environ cinq mètres de moi quand, « sous mes yeux », elle se mit à grandir. En une seconde elle avait atteint la taille d'un enfant de cinq ans ; une seconde de plus et elle était aussi grande qu'un cochon. Je restai couché par terre tandis qu'elle ondoyait comme une géante de cirque, le visage grossissait plus vite que le corps jusqu'à ce qu'il remplisse la pièce, tout mon champ de vision, jusqu'à ce qu'il semble faire éclater les limites mêmes de la maison. Inquiétant ? Pas vraiment. Un cas classique de rupture de constante de taille. Le bébé n'avait rien fait d'autre que ramper jusqu'à moi. Nos nez se touchaient presque et je voyais comme à travers un grand angle ses yeux marbrés, ses joues réserves de nourriture, ses dents tout en surface, et ses oreilles, translucides, rouges comme des paupières fermées au soleil.

Papa était un des pères de l'âge nucléaire. Puis, quand la chose est née, il est devenu son fils, avec tous les autres. Donc papa a vraiment décrit un drôle de virage dans toute cette histoire de pères et de fils. D'abord il était le père de la chose puis il a été son fils. On doit clairement s'attendre à ce que de grandes distorsions et malformations suivent un tel renversement.

Il travaillait dans les systèmes de livraisons, les technologies des bus et des ogives, les Véhicules de Rentrée Indépendante Multiple, les VRIM. Mon urine contient de la bufotenine, un produit chimique qu'on isolait à l'origine du venin de crapaud. La bufotenine fait virer certains tests au mauve. Quand j'ai des hallucinations, il y a plus de bufotenine, plus de mauve dans mon urine que lorsque je n'en ai pas. Ce soir je verserai tous mes comprimés dans le lac de Feu et je continuerai seul. Demain, peut-être, maintenant que Fran a cessé de traîner oncle Ned dans leur chambre pour y faire tout le temps l'amour, je lui dirai la vérité à propos du bébé. Je leur dirai pour le bébé. En attendant je contemple l'éclat et le brillant, le mauve du lac VRIMé.

Journal de Ned

24 juillet. Pas de changement de temps. Dan continue à progresser merveilleusement. Il a des accès d'agitation et de dépression, mais qui n'en a pas ? Non, il est beaucoup, beaucoup plus heureux. Ces rencontres du hasard que l'on a vingt fois par jour quand on partage une maison avec quelqu'un ne sont plus un sujet d'inquiétude polie. Je suis content de voir le garçon et il est content de me voir. Nous avons remis le bébé dans sa chambre, à côté de celle de Dan. C'est une fantastique petite dormeuse (douze heures par nuit, plus les siestes !) et quand elle se réveille au petit matin elle babille tranquillement toute seule pendant un moment puis elle réessaie plus tard. Ça ne dérange pas du tout Dan. La chaleur si. Au lieu de se rafraîchir, le temps est toujours plus chaud. Quelqu'un a bloqué la manette. Fran fait face avec des bains froids et une quinzaine de baignades par jour. Autrement elle se traîne dans ce merveilleux monde jeune de télé, radio et romans-photos. En fait son appétit pour toutes ces nullités me touche.

Et puis quoi ? Même *la Tribune* a l'air d'un journal à scandale aujourd'hui. Peut-être que le monde entier est envahi par les bêtises. Dan refuse d'aller dans l'eau. Il reste assis sous le ventilateur. Je peux lui parler de son problème maintenant, le problème qu'il a dans ses rapports avec la réalité. Et j'ai enfin la liberté d'affronter tous mes problèmes de réalité, la pompe, le toit, la fosse septique, les moustiquaires qui se détachent, ce vieux tacot de Jeep (je crois que je vais enlever les plaques et l'utiliser comme tracteur). J'ai fait porter les bûches du poulailler à la resserre par Dan. Il a couru de l'un à l'autre pendant tout l'après-midi et entassé le bois jusqu'à ce que ses doigts soient en sang.

Carnet de Dan

Selon toute probabilité Fran sent que je suis encore vierge.

Sinon comment pourrais-je expliquer son comportement ? Elle nage fesses nues dans le lac excité et s'assure que je regarde. Je suis entré dans la salle de bains et je l'y ai trouvée étendue, dans la tenue d'Eve : pendant un moment elle a fait semblant de ne pas me remarquer puis elle m'a demandé de sortir sans ébaucher le moindre geste pour se couvrir. Sa chair lourde brille d'un brun plus profond quand elle est humide. Elle donne le sein au bébé juste sous mon nez.

Francesca a manifestement décidé qu'il était de son devoir de m'initier à ce qu'on appelle les mystères de la pratique sexuelle. Elle va au lit délibérément tôt et oncle Ned doit l'y suivre peu après. La plupart des nuits ils font l'amour dans un silence total (c'est probablement elle qui l'exige pour me maintenir dans le doute), mais une fois, alors que j'étais à genoux devant leur chambre, elle a perdu le contrôle et m'a ouvertement appelé de ses cris de douleur et de désir. Toutes ces complications font qu'il me sera beaucoup plus dur de leur dire la vérité sur le bébé.

A la Section, papa avait un ami russe, dissident devenu fervent Américain, même s'il lui arrivait souvent de se lamenter et pleurer, et aussi de chanter, sa terre natale chérie quand il avait bu un verre ou deux de trop. (Ils boivent tous comme des trous à la Section et Slizard le premier.) A chaque fois qu'ils se disaient au revoir, après s'être vus ou parlé au téléphone, ils concluaient de la même façon :

— Mort aux bébés, disait papa.

— Mort à tes bébés, répondait Andrei.

— Et aux bébés de tes bébés.

— Et aux bébés des bébés de tes bébés.

Et ainsi de suite. C'était une sorte de plaisanterie. Après tout, tous les gens font des blagues sur leur travail, même ceux qui travaillent dans l'extermination. Ils le disaient pour relâcher la pression. Pour rester sains d'esprit.

Je suis schizophrène et mes pensées seraient folles de toute façon (je le sais grâce à mon intuition), mais il y a des pensées folles partout maintenant et, au moins, les miennes sont à moi, pas fabriquées par d'autres comme celles de Francesca, toutes des chansonnettes, des bouts de « pub » et des mensonges. Oncle Ned est persuadé que j'ai un problème de réalité. La réalité est totalement hors de contrôle et pourrait essayer n'importe quoi, n'importe quand. C'est comme le lac, toujours prêt à exploser. Ned comprendra ça trop bien quand je lui dirai, et je lui dirai bientôt, que le bébé est schizophrène.

Journal de Ned

27 juillet. Benson Holloway dit qu'il me donnera cent cinquante dollars pour la Jeep et je suis tenté d'accepter. Si j'enlève les plaques et que je l'utilise seulement sur mes terres alors je ne paie ni impôts ni assurance mais cette vieille caisse continue à manger de l'argent. Par ce temps, elle surchauffe en cinq minutes et commence à gargouiller et lâcher de la crasse et de la fumée. Rien que pour rentrer de la ville, il faut pratiquement conduire avec la tête sortie par la fenêtre. Mais Benson est salement malin et pourquoi est-ce qu'elle l'intéresse ? A la même époque, l'été prochain, pourtant, il faudra que je paie quelqu'un pour venir me l'enlever avec une remorqueuse. Au diable, je prendrai les cent cinquante dollars et je me chercherai quelque chose de plus pratique. La mère et le bébé s'épanouissent (Fran somnolente, Harriet de plus en plus active !) et Dan ne pose absolument aucun problème. Le soleil se défonce vraiment. On lève les yeux et on se dit : le soleil est vraiment en train de se défoncer. Le soleil se nucléarise vraiment.

Paradoxalement, ou en tout cas étonnamment, le soleil est activé par la force faible.

Il est alimenté par la décomposition des particules. Si vous voulez être témoin d'une fusion nucléaire, il vous suffit de regarder le soleil. Ah ! mais c'est impossible. Même à cent quarante millions de kilomètres de distance, il fait encore mal aux yeux. Une détonation thermonucléaire provoque des températures nettement plus élevées que celles que l'on trouve au cœur du soleil ou n'importe où ailleurs dans l'univers, mis à part les phénomènes momentanés comme des explosions d'étoiles. Un jour, à la Section, papa m'a montré un film où l'on voyait une balle d'acier soumise à une fraction significative de cette chaleur superstellaire : elle se liquéfiait et bouillonnait, comme de l'eau qui bout. Et maintenant le lac ressemble à de l'acier en train de bouillir avec ce soleil qui s'y accumule chaque jour davantage.

Harriet, me disent-ils, était un bébé prématuré. Eh bien, elle a certainement rattrapé le temps perdu. Beaucoup de gens pensent que la schizophrénie ne se déclare qu'après l'adolescence. Ils se trompent. Un nourrisson de huit semaines peut déjà présenter des symptômes schizophréniques. Harriet a déjà huit mois et sa condition est très avancée. J'ai bien peur qu'elle ne soit plus ou moins un cas classique.

Schéma déviant de préférences de récepteur. Si vous lui donnez un hochet, un jouet ou n'importe quoi, qu'est-ce qu'elle fait ? Elle le secoue, le renifle, et le met dans sa bouche.

Donc les fonctions supérieures de la vision et de l'ouïe sont rejetées en faveur du toucher, du goût et de l'odorat.

Modes de conduite répétitifs et stéréotypiques. Pendant des périodes d'une longueur dépourvue de sens, elle tape une surface plane de la paume de ses mains. Elle fait preuve d'une incapacité tragique à tirer la leçon de ses propres erreurs. Quand elle babille, elle se plaît à émettre des séries désordonnées de bruits identiques puis elle les oublie et recommence à en produire de nouveaux !

Perception déficiente de profondeur. Le bébé montre des signes précoces de déambulation déviante. Elle tombe tout le temps et se cogne contre les choses parce que, pour elle, les relations spatiales sont instables et contingentes.

Perte de la norme motrice et mutation abrupte de personnalité. Souvent, alors que Fran essaie de la changer, l'habiller, la nourrir, l'essuyer ou en fait toute chose qui requiert la coopération passive du bébé, Harriet résiste soudain. Elle se raidit ou se relâche, alternant ainsi de façon caractéristique entre la rigidité et un relâchement trop extrême.

Je pourrais continuer : mauvaise perception du temps, la façon dont elle prend souvent l'humour pour une insulte, ses interludes d'affection excessive, la folie douce qui l'empêche de dormir. Bien sûr le bébé est parfaitement conscient du fait que je l'ai comprise et c'est pour ça qu'elle m'agresse la nuit. Elle a trompé ses parents très intelligemment — les schizophrènes font parfois preuve d'une grande finesse — et je crois que ni Fran ni Ned ne soupçonnent un seul instant que le bébé sait parler.

1er août. Le temps file, le premier du mois. Née avec quatre semaines d'avance le jour de l'an, le bébé a maintenant neuf mois. Continue comme ça, Hattie... Fran m'a raconté une conversation plutôt bizarre qu'elle a eue avec Dan. C'est arrivé pendant qu'elle allaitait le bébé dans le salon. Apparemment Dan commence par lui dire qu'il pense qu'il est homosexuel ! Comme ça, tout de go. C'est étrange, cette nouvelle précocité, ils ont tous l'impression de tout savoir. Fran lui a demandé ce qui lui faisait croire une chose pareille et Dan a haussé les épaules et admis qu'il n'avait jamais eu d'expérience homosexuelle ou de rapport de quelque sorte que ce soit. Il a dit que ça avait quelque chose à voir avec sa « numération histaminique », du moins c'est ce dont Fran se souvient. Il l'a aussi surprise dans son bain l'autre jour, accidentellement. Fran dit qu'il s'est enfui comme un chat ébouillanté. Maintenant il quitte la pièce ou tourne sa chaise à chaque fois que Fran relève sa chemise pour donner à manger au bébé. C'est vrai qu'il dit les choses les plus sidérantes et elles ne sont pas toutes délirantes, loin de là, il est intelligent, ça ne fait aucun doute. Ce matin, au petit déjeuner, je m'éventais et je me grattais la tête en lisant encore quelque nouvelle histoire atroce de bébé battu quand j'ai dit :

— Est-ce que c'est moi, les médias ou est-ce qu'il y a une augmentation massive du nombre des enfants battus ?

Et Dan a dit :

— C'est exponentiel, comme tout aujourd'hui.

Etant lui-même un otage de l'hérédité, Dan soutient naturellement que si l'on bat ses enfants, eh bien, eux, à leur tour, battront leurs enfants. Cela s'ajoute. En fait cela se multiplie. Oui, mais est-ce que ça ferait une différence proportionnellement ? Est-ce que les gens qui battent leurs enfants ont plus d'enfants que ceux qui ne les battent pas ? Je ne sais pas ce que donnent les maths dans tout ça mais peut-être que le gosse a trouvé quelque chose. J'ai vendu la Jeep. Cent vingt-cinq dollars. Benson Holloway est un rusé fils de pute et on ne sait jamais ce qu'il mijote ou ce qu'il a derrière la tête. Toujours une chaleur terrible. Je ne pense pas que le soleil puisse continuer comme ça encore longtemps.

Carnet de Dan

Tout comme Harriet, ou *Hatty,* le « bébé », ça fait quatre nuits que je ne dors pas.

Mais qui a besoin de dormir ? Il est vrai que j'atteins parfois des états intermédiaires désagréables qui sont plus éloignés de la veille que de son contraire. Souvent maintenant, quand je me dresse brusquement dans mon lit, le bébé se cache tout près. J'espère qu'elle se lassera bientôt de ce divertissement vicieux ou de cette torture pénible. Mon *intuition,* bien qu'elle soit un outil remarquable, ne m'est d'aucune aide sur ce point. Bien sûr à chaque fois que je me secoue, au prix d'une douleur et d'une difficulté infinies, et que je me lève pour aller dans sa chambre, le bébé est de nouveau dans son lit. Elle y est couchée et fait semblant de dormir, je la regarde pendant des heures mais elle ne faiblit jamais dans son imposture. Les schizophrènes peuvent faire ça, parce que, voyez-vous, ils n'ont pas besoin de sommeil. Et quand je retourne enfin au lit, elle se glisse immédiatement dans ma chambre. Le bébé essaie de me faire quelque chose que je ne ferai jamais.

Ses plans et ses ambitions contrecarrés, Francesca, blessée et distante, feint l'indifférence. Elle se concentre sur le bébé avec cette ruse, cette stratégie hypocrite qu'emploient toujours les femmes et le destin. Ned aussi est fâché, cela se comprend. Il voulait que Fran me prenne comme amant ; il est si vieux qu'il ne peut espérer la satisfaire encore longtemps. Donc oncle Ned m'ignore, s'agite furieusement à faire d'autres choses. Toute la journée, je suis très gentil avec le bébé, je l'implore sans relâche de ne plus venir la nuit. Mais elle n'y prête aucune attention et fait juste semblant d'être une petite créature sans rien d'exceptionnel qui s'appelle Harriet. Quand elle veut bien révéler ses sentiments, elle me regarde, sourcils froncés, avec une expression de haine presque comique, ils croient simplement qu'elle pleure comme un bébé.

Ils semblent tous s'aimer ici et c'est peut-être ce que je ne comprends pas. Ned aime Fran qui aime Harriet qui aime Fran qui aime Ned qui aime Harriet qui aime Ned. Vous savez, à travers tout ce sinistre tourment et cette confusion dégoûtante, je m'imagine parfois que si je n'étais pas si malade, je me sentirais juste délaissé, en manque d'amour. Je serais juste en mal d'amour. Papa est parti, et ma mère, pour ainsi dire, s'est toujours fait remarquer par son absence. Je serais juste en mal d'amour. Parce que quand on en arrive au match d'amour par ici, j'ai perdu, je suis anéanti, zéro à six, zéro à six, zéro à six.

Même malgré ma *perception fausse du temps* je sais que je passe des heures à contempler les tranchées garde-fou dans l'eau. *Intuition.* Est-ce que je les traverserai ? Aujourd'hui les insectes et la faune dans le bois font le même bruit qu'une grande porte aux gonds secs qui se ferme pour toujours, qui se ferme devant moi, qui se ferme derrière moi. Suis-je aussi haï par les belles libellules cruelles qui montent la garde sur le lac de Feu ?

Journal de Ned

5 août. Dan est plutôt bourru ou prosaïque avec le bébé mais extraordinairement gentil. Quand Harriet, ravie de voir Dan, lui tend les bras de sa chaise haute, c'est l'air studieux qu'il se penche pour la prendre et il fait preuve de l'attention exagérée des personnes maladroites, il la prend bien sous les aisselles, inquiet de trop tirer sur ses petites articulations. Dehors, au bord brûlant du lac, quand le bébé est à quatre pattes en train de se mettre Dieu sait quoi dans la bouche ou de foncer à toute vitesse vers l'eau, Dan la surveille toujours, sourcils froncés, et ne la quitte jamais des yeux. J'ai remarqué qu'il lui parle beaucoup et c'est bien, parce que je ne le fais pas. Harriet l'adore. C'est beau à voir. Fran et moi, nous ne pouvons pas songer à une thérapie plus naturelle, une recommandation plus simple de vie que d'être avec un bébé qui fait sa première exploration du monde... Je ne sais que penser de cette histoire « exponentielle ». Peut-être qu'il y a plus de toutes sortes de saloperies aujourd'hui. J'ai été profondément perturbé par le cas de cette fillette de quatre ans et de son beau-père, du frère et du père de celui-ci. Toutes les nuits, ils... Non. Clairement, on ne peut pas penser à ça. Mais on peut penser à ceci : aux grands yeux de l'enfant qui s'ouvrent et se concentrent quand le premier des hommes entre dans la pièce. Je pensais que le temps allait changer. J'avais tort. Nous devrons manifestement endurer cette chaleur jusqu'à la fin des temps. J'ai vu Benson Holloway qui sortait de la ville au volant de la Jeep. Il allait au moins à cent à l'heure. Dan est de nouveau couvert de morsures.

Carnet de Dan

Il n'y a que les moustiques qui m'aiment. Seuls les moustiques aiment mon sang.

Je lève les yeux après avoir écrit ces mots et, de l'autre côté de la moustiquaire, huit ou neuf s'agglutinent, à soixante centimètres de moi, et ils dessinent la forme de mon visage aussi sûrement que les étoiles délimitent Draco, au souffle de feu, là-haut dans les cieux circumpolaires. Ils attendent. Bientôt j'irai à vous, mes jolis. Grâce à mon inconstance de taille ils se transformeront, en bien moins d'une seconde, de taches de laideur en oiseaux du paradis au bec cornu quand ils s'installeront sur mon visage ouvert pour sucer de la chaleur et du sang.

La masse du lac devient critique et le bébé me demande pourquoi j'attends.

— Tyramine, c'est ainsi qu'elle commence typiquement (après m'avoir appelé par mon nom pendant des heures et des heures). Bufotenine. Sorotonine. Malvaria. Réserpine. Spermadine. Tyramine.

Un peu plus tard j'ai levé les yeux et le « bébé » était debout, penchée sur mon lit. Mes larmes brûlaient les morsures sur mes joues tandis que je l'implorais de retourner tranquillement dans sa chambre et de cesser cette misérable expérience, mais ses yeux étaient illuminés par tout l'étincellement crépitant de la schizophrénie tandis qu'elle me disait comment, ensemble, nous pourrions mettre un terme à notre épreuve par le feu. Elle veut que je l'emporte dans l'ogive assoupie du lac de Feu et que j'aille ainsi au-devant du grand suspense. Même maintenant, au cœur de la nuit, comme nous le savons tous deux, l'eau serait noire et bouillonnante comme de la poix plutonienne alors que, au-dessus, les leptons des étoiles encercleraient prudemment la Terre en attente et sa force puissante. Vers l'aube elle m'a laissé, sans prévenir. Mais je sais que, ce soir, je dois me décider.

Je crois qu'il est cruel et absurde que le jour, quand nous pourrions discuter des choses plus raisonnablement, le bébé reste juste couchée là à sourire et faire semblant d'être un bébé.

6 août. Je dois décrire les événements de ce matin de façon aussi détaillée que j'en ai la force. Je me suis levé à huit heures et je me suis fait du café, Fran démarre sa journée assez tard depuis le bébé. Apparemment Dan n'était pas encore debout, ce qui m'a surpris, il est d'habitude dans la cuisine en train d'attendre patiemment. J'ai bu une tasse et j'ai regardé dans la direction du lac de Feu. Et dans l'eau agitée. L'eau était lourdement baignée de brume, son absence de couleur trouée de taches d'or et d'argent. Je me souviens avoir pensé : « donc le lac était une bombe ratée, un pétard mouillé, il n'a jamais vraiment explosé ». J'ai ouvert la porte de la chambre de Dan et la tasse de café m'est tombée des mains et s'est cassée, sans bruit, semble-t-il. Les draps et les rideaux avaient été déchirés en mille morceaux, mis en charpie. Debout devant ce spectacle, j'avais le sentiment d'une grande violence, une violence comprimée et contrôlée, tout était broyé, pressé, étranglé, encastré, implosé. Oui, et il y avait des morsures sur les surfaces de bois, des morsures profondes, et de longues griffures sur les murs. Je suis sorti et j'ai aussitôt vu son corps mince, la face dans les hauts-fonds... J'ai réveillé Fran. J'ai appelé le shérif Groves. J'ai appelé le docteur Slizard qui a eu l'air choqué mais pas surpris. Puis nous avons tout rangé. Heureusement, il semblerait que le bébé ait dormi pendant tout ça. Elle va bien et la commotion ne semble pas l'avoir troublée. Elle regarde seulement autour d'elle de temps en temps, surprise, et elle le cherche, elle cherche Dan.

Mon Dieu, pauvre, pauvre gosse. Il aurait eu treize ans en janvier.

Je ne sais pas ce qui ne va pas. Je viens de lire le carnet de Dan avant de l'envoyer au docteur Slizard à la Section, comme il me l'a demandé. Je me sens stupide, un vieil idiot. J'ai manqué, à un degré coupable, d'intuition. Et quoi d'autre ? Je viens de lire le carnet de Dan et tout ce que j'ai en tête c'est une pensée qui n'a rien à voir. Hier, au petit déjeuner, Dan était là. Pendant qu'il buvait son jus, il regardait le dos des paquets de céréales. Quoi de plus... quoi de plus naturel ? Moi aussi je le faisais quand j'étais enfant : des plans d'avions miniatures, des concours à envoyer, des histoires drôles, des recettes de gaufres et de biscuits. Mais aujourd'hui ? Au dos du paquet de son riche en fibres, il y a des conseils diététiques pour éviter le cancer. Au dos du litre de lait homogénéisé, pasteurisé, enrichi de vitamine D, il y a deux photos d'enfants souriants, disparus (Est-ce que vous les avez vus ?). Né le 7 juillet 1979. Taille : un mètre. Cheveux bruns. Yeux bleus. Disparus et regrettés aussi. Je parie, oh très certainement. Probablement éliminés, violés et jetés par-dessus un mur, quelque part, violés et assassinés, ouais, c'est le plus probable. Je ne sais pas ce qui ne va pas.

La maladie du Temps

2020 et la maladie du *temps* est épidémique. Dans mon groupe de crédit en tout cas. Et dans le vôtre aussi, mon ami, à moins que je ne me trompe. Personne ne pense plus à rien d'autre désormais. Enfin, à part le ciel bien sûr. Ce pauvre ciel... C'est quelque chose. Quelle situation ! Nous pensons tous au *temps,* à attraper le *temps,* à succomber au *temps.* Moi, ça va encore, je crois, pour le moment.

J'ai sorti ma glace à main. Tous les gens ont au moins une glace à main sur eux aujourd'hui. Sur les trains express, on voit des wagons entiers de voyageurs pliés en deux pour examiner avec la plus grande attention leurs cheveux et leurs orbites. L'angoisse est aussi électrique que le câble frémissant au-dessus de leurs têtes. On dit que l'angoisse du *temps* rend plus de gens malades que le *temps* lui-même. Mais seul le *temps* est fatal. C'est un problème, nous en convenons, une réalité. Comment peut-on changer de sujet quand il n'y a qu'un seul sujet ? Les gens ne veulent pas parler du ciel. Ils ne veulent pas parler du ciel et ce n'est pas moi qui les blâmerai.

J'ai pris ma glace à main et je me suis

examiné pendant dix secondes : mâchoire inférieure, compte des cils gauches. Cela m'a tellement revigoré que je suis allé prudemment jusqu'à la cuisine et que j'ai ouvert une bière. J'ai mangé un *sandwich* et une *salade de jambon.* Je me suis pris une autre cigarette. J'ai allumé la télé et je me suis branché sur la Chaîne thérapeutique. J'ai regardé un documentaire vieux de soixante-dix ans sur l'élargissement d'une route dans un endroit du nom d'Orpington, là-bas en Angleterre... L'ennui est supposé être très prophylactique quand il s'agit du *temps*. On nous conseille fermement de nous ennuyer autant que possible. Ennuyer quelqu'un est jugé encore plus salutaire qu'être ennuyé. C'est pour cela que nous élevons toujours la voix en compagnie et que nous parlons sans fin de tout ce qui nous passe par la tête. Moi, je parle du *temps* tout le temps : une habitude casse-cou. Vous voyez bien, je ne peux pas m'en empêcher.

L'extercom sonna. Je passai de la Chaîne thérapeutique à l'Œillard. Pas d'image.

— Qui est-ce ? demandai-je à la télé.

La télé me le dit. Je soupirai et mis l'appel en attente pendant une demi-minute. Musique calmante. De la musique ennuyeuse... Bien. Vous voulez entendre ma théorie ? Bon, certains disent que le *temps* a été causé par la congestion, l'air pestilentiel, la vie urbaine (la vie urbaine est le seul genre de vie aujourd'hui). D'autres disent que le *temps* est le résultat des premiers conflits nucléaires (sur un théâtre limité : Perse contre Pakistan, Zaïre contre Niger, etc. Des petits conflits, quasiment rien : ils ont reçu la chaleur et la lumière et nous avons reçu le froid et l'obscurité ; ça a contribué à détraquer le ciel, ce facteur) et plus particulièrement de la saturation de reportages télé qui ont suivi : toute la journée, l'écran se contorsionnait de chair, de chair mourante ou vivante dans un état étrange de vieillissement. D'autres encore disent que le *temps* a été une conséquence évolutionnaire des explorations spatiales humaines (ils n'auraient pas dû y aller, quand les choses allaient si mal à la maison). *Nourriture,* pornographie, traitement du cancer... Moi je pense que c'est la faute du XXe siècle. Il a suffi du XXe siècle.

— Salut, Happy, dis-je. Quoi de neuf ?

— ... Lou ? dit sa voix, méfiante. Lou, je ne me sens pas trop bien.

— Ça n'est pas nouveau. C'est vieux.

— Je ne me sens pas trop bien. Je crois que c'est vraiment en train de m'arriver cette fois.

— Ah ! oui, bien sûr.

Ça, c'était bien Happy Farraday. C'est ça : la vedette de la télé. Il n'y a qu'une seule Happy Farraday. Oh, nous nous connaissons depuis très longtemps, Happy et moi.

— Voyons ça, dis-je. Allez, Happy, montre-toi.

L'écran resta blanc, ses cellules mortes semblaient se tortiller ou planer. Par impulsion, je passai de l'Œillard à Quotidrame. J'y vis Happy, face à la caméra, qui faisait son numéro avec éclat. Je rechangeai de chaîne. Toujours pas d'image. Je lui dis :

— Je viens de te regarder sur l'autre chaîne. Tu es dans une forme superbe. Quel est ton facteur ?

— Ça y est, dit sa voix. C'est le *temps.*

Les vedettes de la télé sont particulièrement sujettes à l'angoisse du *temps,* au *temps* aussi, il faut le dire. Pourquoi ? Eh bien, je crois qu'il s'agit là d'un risque du métier. C'est un fait. Il est vrai que le travail pourrait difficilement être plus ennuyeux. Peu de gens le savent mais tous les personnages sur les chaînes du Fauteuil, de Quotidrame et Proscenium, écrivent maintenant leur propre texte. C'est un nouveau truc, censé encourager l'absence de forme, combattre une structure continue, etc. : les gourous de la recherche ciblée ont établi que cela plaît beaucoup plus aux gens qui ne sortent pas de chez eux. De plus, tout le talent créatif est dans la conception des jeux et de la thérapie de masse, pour apaiser les chômeurs et les autres sections de la populace qui s'acclimatent doucement à ne plus être fonctionnelles. Il y a des fortunes à faire dans les industries des loisirs et de l'apaisement. Les écrivains à succès sont comme ces adolescents milliardaires aux premiers temps de la révolution informatique. D'autre part, gagner de l'argent, comme lire et écrire, à vrai dire, augmente dangereusement votre niveau d'angoisse du *temps*. C'est évident. Plus on a d'argent, plus on a le temps de se faire du souci à propos du *temps*. C'est un fait. Happy Farraday est au sommet et elle porte aussi le poids de sa gloire télévisée (où des millions de gens vous connaissent ou croient vous connaître), cette sympathie collective, cette identification et préoccupation qui, je suppose, érodent gravement votre résistance au *temps*. J'ai commencé à compiler une sorte de dossier là-dessus. Je commence à y penser comme à un syndrome de réciprocité, un des nouveaux...

Où en étais-je ? Ah oui. Je parlais à Happy.

Mon esprit a tendance à divaguer. Excusez-moi. Cela aide, du point de vue du *temps*.

— D'accord. Tu veux me décrire les symptômes que tu ressens ? Appelle un médecin, plaisantai-je après qu'elle l'eut fait. Ecoute, laisse-moi tranquille. C'est la combientième fois ? La deuxième cette année ? La troisième ?

— C'est différent cette fois.

— C'est le nouveau rôle, Happy. C'est tout.

Dans son nouveau feuilleton, sur Quotidrame, Happy jouait le rôle classique d'une superbe femme de quarante ans atteinte d'un cas sévère d'angoisse du *temps*. Et elle en souffrait, bien sûr !

— Tu sais qui est coupable ? Ton talent ! Tu es tout simplement trop bonne actrice. Greg Buzhardt et moi, nous...

— Ce n'est pas la peine, Lou, dit-elle. Ne m'ennuie pas. Je dis la vérité. C'est le *temps*.

— Je te connais. Je sais ce que tu vas me demander. Tu vas me demander de prendre ma voiture et venir.

— Je paierai.

— Ce n'est pas une question d'argent, Happy, mais de *temps*.

— Prends la file des dollars.

— Eh bien, dis-je. Tu dois vraiment être sérieuse cette fois.

J'allai donc attendre sur le talus que Roy dégage mon Taon des empilements. Oh, Happy est une vieille amie et une de mes plus grosses clientes, elle est aussi une de mes ex-femmes et je lui devais bien ça. Pendant un moment, dehors, je doutai de l'heure qu'il était censé être et je me demandai si j'étais dans une situation nocturne ou diurne, mais je vis soudain les faibles tremblements et les pulsations du soleil, là-haut, à l'est. La lumière verte pesante passait à travers la troposphère déchirée en lambeaux, ses fissures garnies d'autant d'yeux que de la soie ou un collant, dotée aussi d'une qualité liquide, bouillonnante, changeante. Feu vert : allons-y... Moi aussi j'avais eu salement peur l'autre semaine, vraiment une grosse peur. J'étais au lit avec Danuta et nous allions tenter le coup et faire l'amour. D'accord, c'est pas malin mais c'était son anniversaire et nous avions pris beaucoup de tranquillisants ce soir-là. Il se trouve que je ne crois pas que faire l'amour soit aussi dangereux que certains le disent. A les entendre, on penserait que c'est un pacte suicidaire. Se tenir la main équivaut à risquer sa vie. Je leur dis de regarder les taux de mortalité due au *temps* parmi les sous-classes. Ils baisent comme s'il n'y avait pas de lendemain et est-ce qu'ils attrapent le temps ? Non, c'est nous, les personnes aisées, le groupe de crédit élevé, qui sommes vraiment en danger. Comme moi et Danuta. Comme Happy. Comme vous... De toute façon, nous étions donc couchés ensemble au lit, comme je l'ai déjà dit, à moitié nus, et nous parlions de la possibilité de nous mettre dans le bon état d'esprit pour un peu de bon vieux pelotage quand, tout d'un coup, j'ai senti une ardeur rosée m'envahir comme de la sueur. Il y avait cette chaleur interne entravée, une chaleur lourde, avec quelque chose d'infini, là, juste au cœur de mon être. Eh bien, j'ai paniqué. On se dit toujours que l'on sera courageux, digne, stoïque. J'ai couru en hurlant dans la salle de bains. J'ai brusquement ouvert le miroir triple ; la lumière scrutatrice automatique s'est allumée avec un crépitement. J'ai ouvert les yeux et j'ai regardé. J'étais là debout et j'attendais. Oui, j'étais hors de danger, j'étais sain et sauf. Je me suis effondré et j'ai pleuré de soulagement. Au bout de quelques instants, Danuta m'a aidé à me recoucher. Nous n'avons plus essayé de faire l'amour ou rien. Pas question. Je me sentais trop merveilleusement bien. Je restai couché à me tamponner les yeux, si heureux, si reconnaissant, de nouveau moi-même, comme au bon vieux temps.

— Tu baises beaucoup, Roy ?

— Monsieur ?

— Tu baises beaucoup, Roy ?

— Un peu. Je suppose.

Roy était un jeune salarié honnête de l'espèce moustachue aux épaules courbées. Il semblait être accablé sous le poids des responsabilités ; sa ceinture, une sorte de cartouchière, finissait par avoir l'air d'une ceinture herniale ou d'un soutien vertébral. C'était l'allure typique du groupe de crédit B, de la classe tampon. Très bientôt, projettent-ils, la société sera divisée en trois sections égales. La section B se consacrera entièrement à défendre la section A de la section C. J'appartiens à la section A. Je suis content d'avoir Roy et ses amis de mon côté.

— Où allez-vous aujourd'hui, monsieur ? me demanda-t-il en me donnant la carte de ma voiture.

— Au-delà des collines et très loin, Roy. Je vais voir Happy Farraday. Est-ce que tu as un message pour elle ?

Roy sembla troublé.

— Monsieur, dit-il, vous devez lui parler de Duncan. Le nouveau type à la résidence. Il a quelque chose qui va pas, l'alcool. Happy Farraday ne le sait pas encore. Duncan, il met le feu aux choses, avec son problème qu'il a.

— Son « problème », Roy ? Tu y vas fort.

— Euh, d'accord. Je ne veux pas juger ou quoi là. Peut-être que c'était, comme quand il était petit ou une chose comme ça. Mais Duncan, il a quelque chose avec l'alcool là. C'est la vérité, monsieur Goldfader. Et Happy Farraday ne le sait pas encore. Vous devez la prévenir. Vous devez la prévenir, monsieur, tout de suite, avant qu'il ne soit trop tard.

Je contemplai le beau visage implorant, profondément stupide de Roy. Les yeux brûlants, les joues tremblantes, la moustache. Bon sang, qu'est-ce qu'une moustache peut bien changer d'après ces types ? Pour la centième fois, je lui dis :

— Roy, c'est tout inventé. C'est juste la télé, Roy. Elle écrit l'histoire elle-même. Ce n'est pas vrai.

— Moi, j'en sais rien, dit-il, la main ouverte dans un geste de calme prière. Mais je me sentirais mieux dans ma tête si vous l'avertissiez du problème que pose Duncan, là.

Roy s'arrêta. Avec quelque difficulté, il se pencha pour gratter une tache d'huile sur ses pantalons bleus superlavables. Il se redressa avec un long soupir. Etant jeune, Roy était, bien sûr, incroyablement gros, à cause du *temps*. Nous étions tous les deux là, debout, à regarder le ciel, les écoulements, les couleurs qui débordaient, les grandes trahisons chimiques...

— C'est mauvais aujourd'hui, dit Roy. Monsieur ? Monsieur Goldfader ? C'est vrai ce qu'ils disent, que Happy Farraday est malade du *temps* ?

Le trafic était fluide et j'arrivai chez Happy avant même de m'en rendre compte. La circulation est un vrai problème, comme tout le monde le répète. Ça va pourtant si l'on utilise les files plus chères. Nous avons un système à cinq files ici, dans notre comté : gratuit, cinq cents, dix, vingt-cinq ou un dollar (soit rien, cinq, dix, vingt-cinq ou cent dollars au kilomètre), mais bien sûr la voie gratuite ne fonctionne plus maintenant, un embouteillage total, une caravane, une décharge linéaire de tas effondrés et aplatis, de caisses à roues mortes qui ne roulent jamais. Ils vont avoir cette situation-là, dans la voie à cinq cents aussi, très bientôt. L'avantage de la conduite de toute façon, c'est que c'est si incroyablement ennuyeux. Il y a un autre plus : depuis l'interdiction des rétroviseurs, on n'a plus beaucoup de place pour l'angoisse du *temps*. Ils ont été obligés d'enlever les rétroviseurs, oui monsieur. Je leur ai donné tout mon soutien pour ça. La perte de concentration était un fait réel, vous savez, quand on conduisait en vérifiant tout le temps ses pattes-d'oie et ses cheveux. Il y avait jadis un air de fête sur l'autoroute, dans les voies bon marché où la mobilité était basse ou minime. Les gens sortaient de leur voiture et faisaient les fous. Cela continue peut-être encore sans que je le sache. Les barrières séparatrices sont plus hautes maintenant, avec la nouvelle route de l'ennui et on ne peut pas vraiment dire ce que ça donne. J'ai pourtant vu quelque chose d'intéressant. Je n'ai pas pu m'en empêcher. Pendant la longue attente à l'intersection de la sécurité, où même la voie à un dollar est ralentie par tous les camions remorques et les ambulances et par les grandes flottilles de motos de la police et de voitures de la brigade mobile, j'ai vu trois *coureurs,* trois punks du *temps,* qui couraient à grandes enjambées régulières sur la voie abandonnée du transport de marchandises, là-haut sur le Viaduc Est. Ils étaient là, aussi visibles que le nez dans la figure : en shorts, sweatshirts et chaussures de course. Les voitures agglutinées ont klaxonné, un mugissement grave et furieux de vieilles bêtes à l'écurie. Quelques douzaines de policiers sont apparus avec des mégaphones et ont essayé de les faire descendre, mais ils ont juste fait signe que non et ont continué à courir avec défi. Ils sont complètement malades, ces punks, bien que je suppose qu'il y ait une certaine logique quelque part. Ils se bourrent de vitamines, vous savez. Ouais. Ils font de l'exercice et baisent tout le temps ; ils ont leurs marathons nihilistes. J'en ai vu une de près au studio l'autre jour. Un garde de surveillance l'a trouvée en train de courir sur la vieille piste extérieure. Ils lui ont posé quelques questions et ils l'ont laissée partir. Elle avait environ trente ans, je crois. Elle avait l'air d'être dans un état terrible.

Happy Farraday avait donné un laissez-passer prioritaire pour moi au QG Immobilier, donc je n'eus pas à attendre trop longtemps. A dire vrai, j'ai été scandalisé de voir à quel point la sécurité était relâchée et superficielle. C'est toujours comme ça après quelques semaines de calme. Et puis la section C fout de nouveau la merde et toutes les consignes recommencent à circuler. Je me suis rhabillé et séché les cheveux dans la cabine. Pendant qu'ils approuvaient mon analyse d'urine et les tests radiologiques de conformité, je regardai la télé au commissariat. Je m'assis, délicatement, prudemment (vous savez comment on se sent après une fouille à nu) et je sortis trois coupures de mon portefeuille. Elles sont pour le dossier. Qu'en pensez-vous ?

Premier article, tiré de la page d'information de la *Semaine de l'Ecran* :

Grâce à une série d'expériences successives réalisées à l'atelier de chimie de la Vallée, l'étudiant en sciences Edwin Navasky a « prouvé » que l'eau chaude gèle plus vite que l'eau froide. « Nous avons fait le test quatre fois », a dit Edwin. « C'est une grande découverte. Nous sommes vraiment sidérés », a ajouté la directrice de recherche Joy Broadener.

Deuxième article, tiré de la section faits divers du *Guide du Fauteuil* :

La candidate Day McGuire devait faire une déclaration sur la chaîne 29 lundi dernier. Son but : nier des rumeurs persistantes mais sans fondement comme quoi elle aurait souffert de troubles cardiaques. Malheureusement, elle a été incapable d'apparaître. La raison : elle a dû être hospitalisée d'urgence pour cause de problème cardiaque.

Troisième article, tiré de la colonne de mise à jour de *Télévision* :

Le pilote météorologue Lars Christer a rapporté avoir de nouveau aperçu « La Chose Là-Haut » pendant un vol de routine à basse altitude. La situation : environ trois mille mètres au-dessus du lac Baltimore. Sa description : « C'était plutôt ovale, avec une sorte de cercle noir au milieu. » On suppose que ce phénomène est un cumulus ou une formation de spores. La réaction de Christer : « Je n'y comprends rien. C'est une chose. »

— Goldfader ! rugit le haut-parleur, dispersant mes pensées.

Le caddy était prêt à la porte. A l'ouest, maintenant, les cieux atomisés semblaient particulièrement infernaux et tourmentés, on aurait dit un globe oculaire écorché, palpitant, injecté de sang et atteint de conjonctivite posé sur l'horizon bas. Un œil rose. La Chose Là-Haut, je la soupçonnais parfois de ressembler à un œil, taché de larmes douloureuses, fixe, furieux... Je m'appuyai sur ma canne pour faire le tour, à pas prudents, de l'arrière du bungalow de Happy. Sa fille Sunny, vingt ans, était couchée, nue, sur une chaise longue, pour un bain de brume. Elle ne fit pas le moindre geste pour se couvrir comme je suivais en boitant le bord de la piscine. La petite Sunny veut que je la représente un de ces jours et je suppose qu'elle me montrait la marchandise. Eh bien, comme on dit : si vous en avez, montrez-la.

— Salut, Lou, dit-elle d'une voix endormie. Prends un verre. Va. Il est cinq heures.

Je regardai Sunny d'un œil critique quand je passai à côté d'elle pour aller au bar. La gamine sortait d'une double page, ça ne faisait aucun doute. Maintenant, comprenez-moi bien. J'ai dit « double page », mais bien sûr la pornographie n'a pas vraiment survécu au *temps*. Au début, ils ont essayé de remplir les magazines et les chaînes de câble pour adultes de femmes new-look, comme Sunny, mais ça n'a pas marché. Le temps a bel et bien tué la pornographie, elle ne subsiste plus que comme un sport dangereux underground ou une chose punk. Le *temps* a presque tout tué. Voilà un sujet de débat intéressant. Maintenant que la masturbation est la seule forme de sexe qui ne soit pas accompagnée d'une mise en garde du ministère de la Santé, à quoi pensons-nous quand nous nous masturbons, à quoi pouvons-nous encore penser ? Moi, je ne le dis pas. Bon sang, mais vous ? Quelles images défilent, quels spectres volent... qu'arrive-t-il à ces pensées quand elles planent et s'amassent, là-haut, dans ce ciel éclaté, démoli, foutu ?

— Allez, Sunny. Où est ton peignoir ?

Je me fis une vodka-contexte et je suçais prudemment un bretzel quand je remarquai la calvitie de Sunny qui luisait doucement dans la brume. Je soupirai.

— Tu aimes mon dôme ? me demanda-t-elle sans se tourner. Détends-toi, c'est artificiel.

Elle s'assit alors sur sa chaise et me regarda modestement. Elle sourit. Ouais, elle s'était aussi fait arranger les dents, par quelque cow-boy artiste du chicot dans la Vallée, sans doute. Je me traînai de nouveau au bord de la piscine et je l'observai avec attention. L'avachissement et la pâleur étaient bien réels mais les vergetures semblaient dues à des cosmétiques : trop symétriques, trop marquées.

— Maintenant, écoute-moi bien, petite, commençai-je. Je vais te dire quelques vérités. Prendre des bains de brume, s'étaler toute la journée au bord de la piscine avec une bouteille ou deux, s'épaissir un peu la taille, ça c'est bien pour une fille. Je veux dire, tu dois rester en forme. Mais ces trucs absurdes, Sunny, c'est pour les punks. Je n'apprécie pas le vieillissement artificiel et je ne l'apprécierai jamais. Et je vais te dire pourquoi : premièrement...

Et j'ai fait un long sermon à la petite Sunny, je lui ai vraiment dit ce que je pensais. Je l'ai coincée et ennuyée tant que j'ai pu et sans merci. Et j'y suis allé de toutes mes forces, pendant des heures et des heures. J'en suis presque mort d'ennui moi-même, comme l'ennui confinait au désespoir (c'est toujours comme ça avec l'ennui), les yeux plongés dans la piscine vide, le ciel réfléchi et la statique active, dans les sédiments d'une pluie noire.

— Euh, bien, dis-je enfin. De toute façon. Qu'est-ce qu'il y a. Tu as l'air superbe.

Elle rit, toussa et cracha.

— Laisse tomber, Lou, dit-elle d'une voix rauque. Je le fais juste pour m'amuser.

— Je suis content de l'entendre, Sunny. Maintenant, où est ta mère ?

— Deux jours.

— Hein ?

— Dans sa chambre. Dans sa chambre depuis deux jours. C'est sérieux cette fois.

— Bien sûr.

Je remplis à nouveau mon verre et j'entrai.

Le seul point de lumière dans l'entrée venait de la lampe scrutatrice, toujours en éveil, du miroir. Je m'y regardai quand je passai devant en boitant. L'ennui profond et le léger stress des sept heures de route m'avaient fait du bien. J'allais bien, très bien.

— Happy ? dis-je et je frappai.

— C'est toi, Lou ? (La voix était forte et claire, et vive aussi. Directe, alerte.) Je vais t'ouvrir mais n'entre pas tout de suite.

— Bien sûr, dis-je.

Je bus une gorgée d'alcool et cherchai une chaise à tâtons. Mais j'entendis la serrure cliqueter et la voix vive de Happy me dit :

— Tu peux entrer...

Là, je dois vous dire que deux choses me surprenaient. D'abord, la voix ; ensuite, la vivacité. D'habitude, quand elle est dans cet état, on peut à peine l'entendre et il lui faut une heure ou plus pour venir à la porte et retourner dans son lit. « Ouais », me dis-je, « elle devait m'attendre avec la main sur la poignée. » Rien ne cloche chez Happy. Elle va bien, très bien.

Donc, j'entrai. Elle avait tendu de longs filets noirs au-dessus du lit, fluides, étincelants, un lit digne de la progéniture du diable. Je m'avançai dans la pénombre jusqu'au fauteuil à son chevet et je m'y assis en grognant. Un fauteuil familier. Une veille familière.

— Ça te dérange si je ne fume pas ? lui demandai-je. Ce n'est pas la brûlure de poumon. Mais allumer cette satanée chose m'épuise à chaque fois. Tu comprends ce que je veux dire ?

Pas de réponse.

— Comment te sens-tu, Happy ?

Pas de réponse.

— Bon, écoute, petite. Il faut que tu arrêtes de délirer. Je sais que c'est dur avec ton nouveau rôle et tout, mais, est-ce qu'il faut vraiment que je te répète ce qui est arrivé à Day Montague ? Hein, Happy ? C'est ça ce que tu veux ? Tu as quarante ans. Tu es superbe. Tu sais ce que m'a dit Greg Buzhardt quand il a vu les prises l'autre jour. Il a dit : « Du style, de la classe, de la présence, de la sincérité. Regarde les classements. Regarde les critiques. Happy Farraday est la femme dont rêvent les hommes. » Voilà ce qu'il m'a dit : « Happy Farraday est la... »

— *Lou.*

La voix venait de derrière moi. Je pivotai et je sentis les tendons de mon cou s'étirer. Happy était debout dans la raie de lumière de la salle de bains et aussi dans la brume ou le flou plus doux de sa chemise de soie. Elle se dressait là, aussi éclatante que la santé même, aussi graphique que la jeunesse, avec ses propres sources de lumière, les yeux, la bouche, les cheveux, les creux et les courbes de la gorge qui se gonflait. La soie tomba à ses pieds et le verre me tomba des mains, et quelque chose d'autre tomba ou plongea dans ma poitrine.

— Oh mon Dieu, dis-je. Happy, je suis désolé.

Je me souviens comment était le ciel, quand le ciel était jeune : ses écharpes et ses moutonnements, ses ours et ses baleines, ses lobes et ses fissures. Un ciel de gris, un ciel de bleu, un ciel d'épice. Mais maintenant le ciel est parti et nous affrontons d'autres cieux. Un cadre vital a quitté nos vies. Je pense que, là-haut, maintenant, une sorte de renversement a lieu. La peur du temps s'amasse là-haut et nous revient sous forme de temps. C'est le ciel, le ciel, c'est ce satané ciel. S'il y a assez de gens pour croire qu'une chose est réelle ou en train d'arriver, alors il semble que cette chose doit arriver, doit passer pour réelle. Contre toute logique, contre toute attente, nous vivons une époque magique : de la magie prolétaire. De la magie grise !

Maintenant que c'est fini, maintenant que je suis chez moi et en convalescence, maintenant que Danuta est revenue pour de bon et Happy définitivement partie, je pense que je peux en parler et vous raconter l'histoire telle qu'elle s'est passée. Je suis assis dans la véranda encombrée, une couverture sur les genoux. Devant moi, à travers le garde-fou, le soleil couchant se vautre dans sa pompe polluée, pleine des génies, des fantômes emmitouflés, des démons écarlates du ciel du milieu. Feu rouge : arrêtons, finissons-en. La chose là-haut, ça n'est peut-être pas Dieu, bien sûr. C'est peut-être le Diable. Bientôt, Danuta m'appellera pour mon bouillon. Puis une sieste et peut-être une heure de télé. La Chaîne thérapeutique. Je me couche vraiment de plus en plus tôt... Cet après-midi je suis allé me promener, sur le talus. Je ne sais pas pourquoi. Je ne pense pas que je le referai. A mon retour, Roy est apparu et m'a aidé à prendre l'ascenseur. Puis il m'a demandé timidement :

— Happy Farraday... elle va bien maintenant, monsieur ?

— Bien ? ai-je dit. Bien ? Qu'est-ce que tu veux dire par « bien » ? Tu ne lis jamais une page d'information, Roy ?

— Quand elle a dû partir pour l'Australie

là-bas. Je me suis demandé si elle allait bien. Ça sera mieux pour elle, je suppose. Elle était dans une situation, avec Duncan. C'était un problème, ça.

— C'est juste la télé, bon Dieu. Ils l'ont effacée, dis-je et je sentis un calme soudain, de plomb. Elle n'est pas en Australie, Roy. Elle est au ciel.

— ... Monsieur ?

— Elle est *morte,* bon sang.

— Ça, moi, j'en sais trop rien, dit-il, une paume charnue levée. Tout ce qu'il y a, c'est que j'espère qu'elle va bien, là-bas, en Australie.

Happy est au ciel, ou du moins je l'espère. J'espère qu'elle n'est pas en enfer. L'enfer, c'est le ciel du soir et j'espère vraiment qu'elle n'y est pas. Ah, comment le supporter ? C'est quelque chose. Non, vraiment, c'est quelque chose.

Je dois admettre que j'ai paniqué, là-bas, dans la chambre de ce bungalow avec cette pluie de lumière, la femme transformée et mon propre être si vite étiré par la fragilité et la peur. J'ai beaucoup crié.

— Couche-toi ! Appelle Trattman ! Mets ta robe de chambre !

Des choses comme ça.

— Allez, Lou. Ouvre les yeux, dit-elle. Regarde-moi.

Et je l'ai regardée. Ouais. Sa peau avait cette succulence brillante qui en dit long, toute sa peau. Ses cheveux qui, une semaine plus tôt, bon Dieu, étaient aussi dégarnis et incolores que les miens, vibraient d'éclat et d'épaisseur. Et sa bouche, oh seigneur... des lèvres charnues et humides et une langue animale, comme un cœur, pas celle de Happy, la langue d'une autre femme, plus grande, plus avide, plus jeune. Plus jeune. Du *temps* classique. Oh, classique.

Elle me fit m'étendre à côté d'elle sur le lit pour la réconforter, pour lui donner un sens de sécurité final. J'avais les nerfs à fleur de peau comme vous pouvez l'imaginer. Le *temps* n'est pas contagieux (c'est au moins une chose que nous savons sur le *temps*) mais la maladie, sous quelque forme que ce soit, ne rapproche pas les corps et je voulais garder mes distances. Ecarte-toi, me disait mon corps. Puis je vis, je le vis dans ses seins, hauts mais lourds, leurs petites pointes toutes tendres, détaillées, enflammées par le *temps ;* et l'odeur, l'odeur du souvenir profond, comme une lame de fond, sous-marine... Je savais quelle sorte de réconfort elle voulait. « Oui, le *temps* les prend souvent comme ça », me dis-je, du fond de ma lente et majestueuse terreur. « Tu es allé jusque-là : va plus loin », me dis-je. « Approche-toi, plus près, encore. Fais-le pour elle, pour elle et pour le bon vieux temps. » Je me mis en mouvement, prêt à lui offrir tout ce que la tête et la main pouvaient lui donner, jusqu'à ce que moi aussi je sente la fièvre dans mes lignes de chaleur, le gonflement et l'odeur de la jeunesse et de la mort. « C'est du suicide », pensai-je, « et ça m'est égal »... A un certain point, pendant les dernières heures, juste avant l'aube, je me levai et me glissai jusqu'à la fenêtre pour voir le ciel douloureux, souffrant ; je me sentis gris et doucement frémissant pendant un moment, comme un cintre qu'on aurait laissé luire sur la tringle, avec Happy là, derrière moi, seule dans son lit et sa mort brûlante.

— Chérie, dis-je à voix haute avant d'aller

la retrouver. « Ça me plaît », pensai-je, et j'acquiesçai soudain.

Qu'est-ce qui me plaît ? J'aime l'amour. C'est du suicide et ça m'est égal...

J'ai été dans un état terrible, remarquez, pendant les deux mois qui ont suivi, vraiment réduit à néant, à côté de mes pompes, complètement déphasé. Je me réveillais à sept heures et je sautais du lit. Je subissais des attaques d'énergie. Je voulais manger n'importe quoi, je mourais d'envie d'une belle tranche de viande et de vin épais. Je ne pouvais pas regarder la moindre thérapie. Après à peine une demi-heure d'émission de menuiserie ou de concours marathon de fléchettes, j'arpentais la pièce comme un fou et je me mordais les doigts. J'ai mis Danuta, en danger, aussi, à plusieurs reprises. J'ai même dragué la petite Sunny Farraday qui est venue vivre ici pendant quelque temps après la crémation. Danuta a divorcé. Elle a même quitté la maison. Mais elle est revenue maintenant. C'est une bonne fille, Danuta, elle m'a aidé à traverser cette épreuve. Tout ça, c'est du passé maintenant et je crois (je touche du bois) que je suis plus ou moins redevenu moi-même.

Dans peu de temps je vais cogner à la fenêtre avec ma canne et Danuta m'apportera une autre couverture. Plus tard, elle m'aidera à rentrer pour mon bouillon. Puis une sieste, puis peut-être une heure de télé. La Chaîne thérapeutique. Je suis heureux pour l'instant et j'affronte volontiers la tourmente éclatante, l'acné bouillonnante du ciel mourant. Quand le ciel sera mort, nous en donneront-ils un autre ? Aujourd'hui mon service de répondeur m'a laissé un étrange message : je dois appeler un numéro à Sydney, là-bas en Australie. Je le ferai demain. Ou après-demain. Ouais. Je ne peux pas faire l'effort maintenant. Prendre ma canne, la lever, taper le carreau, dire « Danuta », tout ça demande des montées escarpées de *temps*. Tout arrive si lentement maintenant. J'ai une nouvelle douleur dans le dos. Je me suis cassé une dent la semaine dernière sur un morceau de pain grillé. Bon dieu, comme je déteste me pencher et monter des escaliers. Le ciel est... pendu au-dessus de moi en toiles déchirées, en loques sanglantes. C'est un grand soulagement et je suis reconnaissant. Ça va. Je vais bien, bien. Pour le moment en tout cas, je ne montre aucun des symptômes du temps.

Le petit chiot qui pouvait

Le petit chiot arriva en bondissant et en culbutant à travers les champs en friche. Le voici qui bondit et culbute encore. Comme tous les irrésistibles petits chiots, ce petit chiot avait de grands yeux bruns implorants, des oreilles flasques à demi dressées, et d'épais bourrelets de chair sur l'échine. Son pelage était d'un gris subtil (celui de l'argent à l'ombre), avec un triangle de blanc sur la poitrine, comme un plastron, et des touffes blanches sur chaque patte, comme des chaussettes, comme des chaussures, comme de petites guêtres ! Il était un peu dodu, ce petit chiot, il faut le reconnaître, mais de manière si adorable. De la graisse de chiot, pas de la graisse de chien. Il avait couru sans répit pendant des jours et des jours. D'où venait le petit chiot ? Où allait le petit chiot et avec tant d'entrain ? Sa queue fièrement dressée, ses pattes de devant gaiement tendues en avant, ses... boum ! Le voilà qui retombe. Puis il se relève, aussi décidé, et il repart en bondissant, en culbutant, vers de grandes découvertes, vers de merveilleuses métamorphoses. Bien sûr, le petit chiot ne savait pas du tout d'où il venait ni où il allait. Mais il savait qu'il y arriverait.

Soudain, le chiot flaira ou sentit probablement le village avant de le voir, les feux, les arcs de cercle, l'endroit humain. A dire vrai, il ne pouvait pas tellement se fier à sa vue qui était floue, embrouillée, sujette à des distorsions passionnées dues à la peur ou au désir. Mais il voyait là quelque chose de nouveau, une forme, un dessin, une preuve, une grande manifestation imposée ou creusée dans le monde de hasard à travers lequel il avait bondi. Le petit chiot s'arrêta sur une dernière culbute, puis se redressa en se tortillant. Il sut immédiatement qu'il avait trouvé l'endroit que cherchait son cœur, sa destination. En bas, dans la vallée ronde, il distinguait des silhouettes mouvantes, et des cercles concentriques qui entouraient une parabole de flamme : un cou de cygne, une faucille, un point d'interrogation de feu ! Le petit chiot demeurait immobile, et faisait claquer ses mâchoires avec inquiétude. Sa tête se tendait en avant, le poussait à continuer, mais ses pattes ne faisaient que se bousculer et danser. Il commença à agiter la queue, tout d'abord avec hésitation puis avec une vigueur si éperdue qu'il s'étira presque un muscle de sa petite croupe dodue. Il continua à bondir, de plus en plus près, de plus en plus près, il descendait à travers les ombres de l'aube, il volait presque, son jeune sang enflammé, jusqu'à ce qu'il voie un groupe humain qui s'ébranlait lentement devant une porte dans la palissade basse. Maintenant le petit chiot augmentait vraiment sa vitesse. Il se jeta vers eux, puis se lança dans les airs et pivota, pour s'abattre en dérapant sur le dos, à leurs pieds, les quatre pattes dressées mollement, la queue tremblante, le ventre doux exposé dans un geste spontané d'abandon et de confiance.

Mais rien ne se passa... Le chiot ouvrit les yeux, profondément blessé et sidéré. Il n'avait pas rêvé, mais la vie était comme ça pour un petit chiot, tout y était tellement plus fervent, si pressant, si soudain. Les gens restaient immobiles, ils étaient six ou sept et formaient un arc stoïque. On lisait sur certains visages de la peur, sur d'autres du dégoût ; aucun ne montrait de gentillesse. Le chiot finit par se remettre tristement sur ses pattes et leva des yeux implorants vers eux, les interrogeant de sa gueule fatiguée. Il leur demandait ce que vous vous demandez. Qu'est-ce qui pouvait bien les faire agir ainsi avec un petit chiot, son cœur interloqué plein d'amour endolori, un chiot fait pour les caresses et les jeux ? Et les gens n'avaient pas de réponses. Eux aussi (le chiot semblait le sentir) étaient pleins de trouble, pleins de peine. Désirant les réconforter et espérant qu'il y avait eu juste une sorte d'incompréhension, le petit chiot rampa jusqu'à eux à nouveau, tremblant de supplication. Mais maintenant les gens commençaient à se détourner. Les hommes marmonnaient et ricanaient. Une femme hurla ; une autre cracha, cracha sur le petit chiot. C'est en clignant des yeux qu'il les regarda rentrer par la porte. C'était étrange. Le petit chiot ne savait pas grand-chose mais il savait ceci : les gens ne sont pas méchants. Non, ils ne le sont pas. Ils ne sont pas méchants.

Et donc, gardant ses distances, fouillant pour trouver à manger (des vers, des racines, une certaine sorte de fleur, certaines substances enivrantes mais regrettables que son nez aimait mais que sa langue détestait), et avec plus d'un soupir épuisé, le petit chiot tournait à petits pas autour de l'endroit humain, jusqu'à ce que le jour commence à tomber. Tout en cherchant les fourmis qui chatouillaient la langue et la beauté féerique des papillons parmi les rochers et les creux, il jetait sans cesse des coups d'œil dans la direction du village emmuré, cette termitière, pleine de mouvements désordonnés mais chargés de signification. Sa faim apaisée, calmée, le chiot attendit, là sur la colline, guettant et soupirant. Malgré sa peine, il nourrissait un pressentiment intense de grandes choses, de merveilleuses révélations, un sentiment qui pouvait bien être trompeur puisqu'il l'avait toujours eu. Plus tard dans la journée, il rencontra un monticule humide et fumant dont il examina activement les odeurs intéressantes. Quelques moments après, il se retrouva couché sur le flanc, désespérément malade. Le petit chiot resta à distance de ce monticule et de tous ceux qui dégageaient la même odeur, une odeur qu'il vint à interpréter comme celle du danger. Comme la nuit tombait en plis sur le paysage troublé, il entendit venir de l'autre côté de la vallée le grognement éraillé d'une bête, inépuisable et incarnat, un bruit qui résonna dans sa tête comme le danger de cette odeur spéciale. Tout ce que le petit chiot pouvait voir ou entendre du village maintenant, c'était le terrible feu, la longue courbe de flamme au cœur de l'endroit humain.

C'était l'amour, ça ne faisait aucun doute,

accompagné des symptômes classiques. Tous les matins, la petite fille venait avec son panier, elle franchissait les collines et allait loin, pour cueillir des fleurs et nager dans le ruisseau vernissé. Elle arrivait de son pas léger, ponctuelle (le jour était toujours exactement de la même couleur quand elle venait), pieds nus, vêtue d'une robe blanche. Les fleurs elles-mêmes se pâmaient et faisaient des mines quand elle s'approchait. Elles voulaient être cueillies. Cueille-*moi.* Les fleurs, les fleurs fantastiques, regardez-les faire des manières et des mamours dans la brume ! Imaginez aussi le petit chiot, caché à l'ombre d'un arbre, la truffe sur les pattes, la queue fouettant paresseusement l'air, qui la regarde de ses yeux bruns collés et englués. Le voilà qui dresse la tête (le cou soudain tendu, sidéré) quand la jeune fille laisse glisser sa robe et entre nue, sur la pointe des pieds, dans l'eau peu profonde et chante en baignant ses seins ! Le petit chiot soupire. Il l'aime à distance, un amour instantané, muet et affamé. Il donnerait les couleurs et la douleur de la vie — et tous ses grands pressentiments — pour une seule caresse de sa main, une petite tape, qu'elle le touche. C'était un amour qu'il ne montrerait jamais. Les gens ne l'aimaient pas : il le savait maintenant. Dans les champs au-dessus de la vallée, il s'était approché d'au moins une douzaine d'entre eux, isolés ou en groupes, il avait essayé différentes postures, différents styles (il rampait, marchait ou sautait) ; à chaque fois, il n'avait rencontré que des ricanements et des gestes agressifs malgré tous ses efforts douloureux, et ils étaient douloureux et il souffrait tant maintenant. Donc, bien que chaque fibre du petit chiot vibre d'envie d'aller rejoindre la jeune fille et ses fleurs, de se déclarer, de gambader, folâtrer, se blottir contre elle et la câliner, il reste dans l'ombre et l'aime à distance. En tout cas, c'est de l'amour. Et ça, le petit chiot en est sûr : il ne se contenterait jamais de moins que de l'amour.

Transfigurée, elle sort de l'eau caressante et s'agenouille sur la rive pour réchauffer son corps au soleil. S'avançant d'un centimètre ou deux, d'un pas, d'un mètre, le chiot continue à monter sa garde, avec des soupirs, des tressaillements, des coups de mâchoires, pris d'une fièvre sourde. Parce que désormais, le petit chiot est passablement malade, meurtri et languissant, assoiffé de la tendresse délicate dont tout petit chiot a besoin. Et ce matin-là, il est doublement traumatisé par la peur et le soulagement. Des événements violents l'avaient en fait forcé à manquer le rendez-vous de la veille ; et dans le monde de cause à effet confus du petit chiot, il croyait que s'il manquait une fois le rendez-vous au ruisseau timide, eh bien, l'être aimé aussi le manquerait, et ne réapparaîtrait jamais, disparaîtrait pour toujours. D'où le choc de soulagement, la vague de consolation quand il regarda du fond des ombres où il se cachait et qu'il la vit une fois de plus.

C'était arrivé la nuit d'avant la nuit d'avant. C'était arrivé comme ça. Le petit chiot dormait profondément à l'endroit habituel (un trou abrité près d'un arbre incliné) et dans sa position habituelle (une position d'abandon total) quand une rafale de sons et d'odeurs le fit soudain se lever. Sourcils froncés, le petit chiot nota des vibrations curieuses dans le tissu terrestre et sentit des fendillements et des fracassements lointains qui s'approchaient. L'odeur, encore diluée par la distance, intriguait au plus haut point le chiot mais excitait aussi en lui les glandes du danger. Il hésitait, là dans la nuit changeante. Trop faible et embrouillé pour s'enfuir, il regardait le trou où il avait récemment passé une heure agréable à flairer, gratter et essayer un nouvel aboiement puissant, Puis les sons s'abattirent sur lui : plus forts, pires, brûlants et toxiques, ils disaient un appétit sans limites. Et le petit chiot continuait à hésiter, l'échine légèrement courbée, en transe, la queue secouée par un réflexe d'espoir, de jeu. C'est alors qu'une bouffée de gaz et de sang enveloppa son pelage : le petit chiot glissa en piaulant dans le trou et se rencogna dans l'humidité saisissante. Ou du moins il essaya. Les pattes de devant serrées cherchaient une prise, mais sa petite croupe dodue était restée exposée tandis que les pattes de derrière dérapaient et battaient l'air. Et là, il sentit vraiment l'haleine comme une torche, la salive brûlante qui jouait sur son derrière. Ce que la terreur n'avait pas pu faire, l'horreur le fit. L'horreur l'enfonça dans la terre avec un bruit de bouchon sonore ; et il resta là à tousser et pleurer jusqu'à ce que la rage infâme se soit épanchée, se soit déchargée sur le sol au-dessus de sa tête... Le petit chiot en avait été si secoué qu'il ne sortit pas pendant trente-six bonnes heures et alors, ce n'est que le désespoir affamé qui l'amena à la lumière. Ça n'avait pas été facile d'entrer dans le terrier, mais il n'eut aucun mal à en sortir. Parce que le petit chiot, semblait-il, se faisait de plus en plus petit.

Et donc, il soupire et regarde, regarde et soupire. Les fleurs ont cessé de se pâmer et maintenant elles se tendent et s'étirent pour rencontrer les doigts de la jeune fille. Oh, comme elles veulent être cueillies. Nue et légère, elle se déplace parmi elles, se penche pour détacher une tige de terre, puis elle se redresse pour placer les pétales dans ses riches cheveux noirs. Aimée par le petit chiot (silencieusement, fièrement, combien de vies ne passerait-il pas joyeusement, sans être payé de retour, inaperçu, dans ce demi-amour, cette demi-vie ?), la jeune fille chante, la jeune fille nage, la jeune fille s'étend sur sa robe, se sèche et rêve de grandir, de changer, rêve de métamorphoses mystérieuses. Elle chantonne, se parle à mi-voix, elle cherche un autre endroit ensoleillé où somnoler quand elle ouvre les yeux et que voit-elle ? Eh bien, un petit chiot, un petit chiot hésitant, qui s'avance timidement parmi les fleurs, la queue recroquevillée d'angoisse, la truffe brûlante au ras de l'herbe. Le chiot n'avait aucune intention de s'approcher ainsi de la jeune fille. Mais voilà, le petit chiot vient de se rendre compte qu'il a continué à avancer et que c'est ce qu'il vient de faire, comme n'importe quel petit chiot. La fille s'assoit et sans perdre de temps, le regarde sévèrement, une main levée à la bouche. Le petit chiot, conscient de la gravité de son erreur, est sur le point de s'éclipser, au comble du malheur, de s'en aller jusqu'au bout de la terre pour ne jamais revenir quand elle rit et dit :

— Bonjour. Qui es-tu donc ? Viens. Viens ici. Ça va. Oh, quelle drôle de petite créature tu fais... Je te ramènerais volontiers chez moi. Mais ils ne t'aimeront pas. A cause du chien. Keithette ne t'aimera pas. Tom non plus, je crois. Je m'appelle Andromeda. Et moi, je t'aime bien. Oui, c'est vrai.

Bien sûr, tout ceci était du chinois pour le petit chiot, mais quelle importance ? Sa voix, au rythme et à la musique enfantins, ne faisait que gonfler encore l'immense bonheur qui l'enveloppait. Il ne l'aurait pas rêvé, pas même dans ses rêves agités ou plaintifs... Il serait peut-être exagéré de dire que les petits chiots ont des fantasmes, mais ils ont certainement des sentiments, et puissants avec ça, là où tout déchire et tiraille comme la faim. Couché sur le dos parmi les fleurs envieuses, la main de la jeune fille sur son ventre (légèrement maintenue par une patte spéculative), la queue en rythme avec les battements lents de son cœur, le petit chiot s'étouffe presque et sombre dans une petite mer de joie. Ah ! la paix perçante. Tout enveloppé de paradis, un paradis de chiot ! Pendant de longues heures, ils roulent et se câlinent et se blottissent et se serrent l'un contre l'autre, jusqu'à ce que la couleur du jour commence à changer.

— Oh non, dit la jeune fille.

Elle s'enfuit, saisie d'une terreur violente, Bien qu'elle lui ait dit de ne pas bouger, le petit chiot la suit, aussi discrètement que possible, il détourne son regard à chaque fois qu'elle se tourne pour le renvoyer (comme s'il croyait que s'il ne la voyait pas, elle ne le verrait pas). Mais à ce moment, Andromeda interrompt sa fuite et lui fait face pour l'avertir.

— Ne bouge pas. Fais attention au chien. Viens demain. Promets. Ne bouge pas mais je t'en prie, ne t'en va pas. Reste ici ! Oh, reste ici.

Profondément troublé, sans trop savoir s'il

doit secouer la queue ou non, le petit chiot la regarde courir, descendre dans la vallée vers le cratère béant, où les feux bouillonnent déjà, veinés de noir, comme ils commencent à consumer l'air du crépuscule.

Pendant la vague ou la poche de temps qui suivit, la vie du petit chiot qui pouvait ressembler à un rêve merveilleux et terrible, ses deux états, la panique et l'extase, se fondirent aussi intimement que les deux côtés d'une lame ; parfois, il lui semblait que son cœur risquait de se briser et se vider sous l'effet de l'incroyable incertitude du tout. Mais, comme il était un chiot, il passait la plupart de son temps dans les mêmes extrêmes. Quand Andromeda apparaissait au-dessus de lui, ses cheveux chauffés par le soleil, parée de fleurs magiques, quand elle lui chatouillait les côtes et embrassait son ventre brûlant, pensez-vous que le petit chiot éprouvait autre chose qu'une joie écrasante ? La vie n'était que caresses, de merveilleuses caresses. Le petit chiot inventait d'autres jeux aussi : le jeu où il fonçait à toute vitesse sur elle et puis bifurquait à la dernière minute ; le jeu où il courait en rond autour d'elle où qu'elle aille ; le jeu où il s'éloignait en courant mollement et s'esquivait quand elle s'approchait ; et ainsi de suite. Andromeda semblait mettre un temps étrangement long à comprendre ces jeux, peut-être parce que le petit chiot était si faible et malade maintenant, et facilement fatigué. Pourtant il ne voulait pas s'arrêter. Ses ébats touchaient au délire. Souvent aussi, il échouait dans ses manœuvres les plus ambitieuses. Un après-midi, après des heures d'incitation, il la persuada de jouer au jeu du bâton : elle jetait un bâton et le petit chiot courait après et le lui rapportait ou non, selon son humeur de chiot. Par accident, elle jeta une fois le bâton dans le ruisseau et le petit chiot se jeta à l'eau. Il sembla avoir quelques difficultés pendant un moment et il eut certainement une grosse quinte de toux sur la rive quand Andromeda le repêcha. Elle remarqua alors, pendant qu'il se remettait, couché sur le flanc, que sa queue et ses pattes de derrière étaient sérieusement brûlées et enflammées. Elle le regarda, les sourcils froncés d'inquiétude. Le petit chiot cligna de reconnaissance. Entre les rayons de ses cils mouillés et avec tout l'éclat phosphorescent au-dessus et derrière elle, eh bien, elle ressemblait, à ses yeux, à un ange sévère et terrible, une essence divine, une Puissance, un Empire, un Trône, couvert de joyaux prismatiques, qui glissaient dans les rayons du soleil. Bien sûr, nous devons nous rappeler que le petit chiot avait une mauvaise vue... oh, ce pauvre petit chiot.

Parce que les nuits étaient si différentes, tellement plus longues que les jours (au moins trois fois plus longues) et si remplies de peur. Se tortillant dans son terrier, tandis que le grand animal, supérieur et atroce, essayait avidement de déchirer l'entrée étroite, le petit chiot ne pensait pas au jour, au jour lointain et dérisoire. Il ne comprenait pas. Comment avait-il pu déchaîner une telle rage chez une créature qui, du moins c'est ce qu'il lui semblait, aurait pu l'aimer, le protéger, jouer avec lui ? Il ne comprenait pas. Mais il comprit une chose : il fit une certaine distinction, une distinction subtile. Le petit chiot comprit la différence entre la terreur et l'horreur. La terreur, c'était quand la petite fille était partie et que la nuit commençait à tomber, effaçait toute la couleur du monde. L'horreur, c'était quand la bête était vraiment là, les flammes de son haleine à l'ouverture du terrier, sa salive brûlante sur la croupe du petit chiot.

— Ça ne peut pas continuer comme ça, dit Andromeda un matin, quand elle trouva le petit chiot qui éternuait, somnolait et tremblait près du ruisseau timide.

Il était incapable de manger la nourriture qu'elle lui avait apportée en cachette. Par réflexe, il se dressa pour une cabriole mais ses pattes de derrière cédèrent et il roula dans l'herbe avec un soupir fataliste. D'habitude, quand elle regardait le petit chiot, Andromeda pensait toujours : « Voilà la vie ! Ça c'est la vie ! » Mais maintenant elle songeait à la possibilité (longtemps refoulée, une idée qui envahit tout son corps d'une intense nausée) que le petit chiot fût mourant. Il se pouvait que le petit chiot ne puisse tout simplement pas survivre. Parce que vous comprenez que la peur l'avait vidé, la peur, une solitude intense de chiot, le besoin d'inclusion, le besoin d'être... à l'intérieur.

Andromeda avala difficilement et dit :

— Ça m'est égal. Je te ramène à la maison avec moi. Maintenant. Ça m'est égal.

Et donc, très, très prudemment, Andromeda coucha le petit chiot aux membres flasques au fond de son panier et couvrit sa forme qui protestait faiblement de fleurs, de raisin blanc et d'un mouchoir rose. Le petit chiot mit longtemps à comprendre ce jeu et il se contorsionnait et se débattait tout le temps, avec comme un grand sourire, puis il faisait le mort.

Andromeda n'arrêtait pas de lui dire « chut » mais il continuait à gémir et remuer jusqu'à ce qu'il remonte à la surface. Le voyage aérien sembla le calmer. A un kilomètre du village, au bord de la colline qui l'enveloppait, elle déposa le panier par terre, souleva le mouchoir et adressa un bon sermon au petit chiot en secouant beaucoup son index, tapant du pied et fronçant les sourcils significativement. En fait, à ce point, le petit chiot était si éberlué et sidéré qu'il la regarda avec un manque de curiosité sincère et lui bâilla même à la figure. Ils se remirent en marche et descendirent dans le village emmuré.

— Bonjour, bonjour ! lançaient des voix et Andromeda chantait à tue-tête, de peur que le petit chiot décide étourdiment de pleurnicher ou de japper.

Mais le petit chiot était très sage et ne faisait pas le moindre bruit. (A dire vrai, il était profondément endormi.) Quand ils arrivèrent à la cabane, Andromeda se mit sur la pointe des pieds et regarda par la fenêtre. Keithette n'était pas dans les parages. Tom non plus. Donc la petite Andromeda prit le petit chiot et l'amena directement dans sa chambre.

Andromeda aurait beaucoup d'explications à donner (et elles avaient intérêt à être bonnes !). Et, à ce point, nous aussi.

A ce moment de l'histoire, le village était la pâture du chien, et le chien était, sinon le pire chien possible, certainement le pire chien qui existât alors. Les policiers et les gardes génétiques qui avaient jadis séparé les espèces, avaient perdu leur position dans le monde vivant. Dans des zones moins tempérées que celle où se déroule cette histoire, il y avait des créatures qui boitillaient et ballottaient dans d'étranges fossés entre les vieux royaumes, mi-faune, mi-flore ; mi-insecte, mi-reptile ; mi-oiseau, mi-poisson. La sélection naturelle avait cédé le pas à une sorte de discrimination à l'envers ou son semblant. N'importe quel stupide perroquet amphibie ou ignoble hermine à trois ailes avaient autant de chances de survie, de succès que le plus habile, le plus vif, le plus obstiné, des petits rats mangeurs de camelote ou que le prédateur doté d'une carapace qui le rendait invincible. Beaucoup d'êtres humains aussi furent légèrement surpris de se retrouver en train de parcourir à l'envers les chemins de l'évolution, ou, pire, égarés dans des traverses, accablés de l'humiliation jamais vue d'arborer des palmes et des poches, des pieds palmés et des becs. Les gens, qui n'étaient pas nombreux, commencèrent à s'éparpiller près des déserts qui se multipliaient. Dans les déserts, les formes inférieures prospéraient sans que rien ne contrôle leur chaos : on ne pouvait guère tourner la tête sans rencontrer une hyène multipède ou un ver géant qui fonçait sur vous par-dessus les sables marbrés. Le village était au nord, pas trop loin des terres de glace. A ces latitudes particulières, après des décennies de calme hostile, la planète Terre était de nouveau hospitalière, passait même pour une adresse désirable. Avec autant de nourriture, avec autant d'espace et de climat, la nature n'avait guère de sélection à faire. Jusqu'à l'arrivée du chien.

C'était peut-être le chien qui était le responsable de la sélection naturelle. Le chien mesurait deux mètres cinquante de long et un mètre vingt de haut, son corps était constitué de masses juxtaposées, la tête qui roulait et faisait claquer ses mâchoires était lâchement attachée aux épaules lourdes. En guise de queue, il arborait un membre supplémentaire, un tibia nu, tendon et serre tout à fait inutile et loin d'être décoratif. Ses yeux étaient d'un jaune infâme, sa salive d'un écarlate criard, venimeuse et aussi acide, capable de dissoudre totalement les os humains. Le chien était le bénéficiaire d'un nouvel arrangement symbiotique par lequel il était le porteur sain d'une foule de maladies graves mais désormais sans effet, ses nombreux parasites ayant (dans ce cas) pris plus qu'ils ne pouvaient. Jadis, le chien mangeait en gros tout ce qu'il pouvait digérer, comme un requin. Ces jours-ci, pourtant, il se nourrissait exclusivement, même religieusement, d'êtres humains. Ce régime n'avait pas l'air de lui réussir. Il n'y avait jamais eu démonstration plus claire du fait qu'on ne devrait pas manger d'êtres humains. La réussite personnelle du chien était son pelage qui était épais, rapiécé, fongueux et semblait pourtant synthétique, trop brillant, comme de la rayonne ou du lurex. Il était le premier chien à gagner son pain, à prospérer dans les terres du Nord. Le village était sa nourriture. Il semblait avoir besoin d'environ un être humain par semaine. Il n'était pas si vorace que ça, et les être humains, avait-il découvert, duraient longtemps.

Personne dans le village n'avait la moindre idée de ce qu'on pourrait faire du chien. Enfin, ils avaient leur stratégie honteuse mais elle ne marchait pas. Oisifs dans un monde rajeuni, ils avaient depuis longtemps perdu les arts nobles de la survie et du progrès, sans parler des arts du combat et de la mise à mort. Désormais, personne ne savait plus déchaîner tous les démons de l'enfer. Ils dépouillaient la terre de sa riche vie : en effet, certaines plantes étaient aussi nourrissantes et sanglantes que la viande même ; oui, beaucoup de plantes saignaient. Ils utilisaient peu d'outils et aucune arme. Ils espéraient même pouvoir bientôt se passer du feu. Ainsi allait le monde désormais.

Pendant les deux jours qui suivirent le petit chiot fut en si piteux état qu'Andromeda n'eut aucun mal à le garder dans sa commode, couché parmi ses vêtements, sans avoir trop peur qu'il soit découvert. Parfois, un mauvais pressentiment l'envahissait, et elle se trouvait presque prête à se résigner à perdre son nouvel ami.

— Reste, lui murmurait-elle d'une voix pressante. Ne me quitte pas. Reste, oh, je t'en prie, reste.

La nuit, Andromeda apportait au petit chiot un assortiment de légumes bien juteux et l'encourageait à manger. Il semblait reconnaissant de sa compassion, de l'effort, mais il se détournait de la nourriture et poussait un long soupir résigné. Puis le troisième jour... Eh bien, Andromeda prenait lentement son petit déjeuner avec Keithette et Tom, sa mère et son « père ». Dans le silence, le soleil jouait à la balle subatomique avec les particules de poussière maussades. Andromeda et Tom observaient Keithette prudemment. Personne n'avait parlé avec la moindre liberté ce matin-là, parce que Keithette devait encore choisir et annoncer son jour d'humeur. Elle pouvait choisir parmi sept (tous différents maintenant, tous tristes depuis le chien) : Lasdi, Mortdi, Meurtridi, Geinsdi, Vexedi, Saledi, Dirage... Tom écrasait du henné dans un mortier et disait :

— De toute façon, je préfère une seule tresse.

— Pourquoi ? demanda Keithette sans pitié.

C'était une femme au visage rose et large, massive, la poitrine plate (la femme typique de l'époque) ; mais dans ces moments-là, sa bouche semblait aussi mince qu'une fissure dans du verre.

— Pourquoi ? S'il te plaît, dis-moi pourquoi, Tom ?

Tom posa le pilon et fit un geste des deux mains pour dessiner une forme.

— Peut-être parce que ça montre, ça montre l'unité essentielle de ta nature.

C'était un peu trop pour Keithette.

— Quelle unité ? dit-elle et elle croisa les bras fermement. Continue. Quelle unité ?

C'était maintenant au tour de Tom d'être perplexe.

— Je ne sais pas vraiment, dit-il. Mais je suis sûr que ce ruban sera très joli avec la robe.

Keithette était peut-être sur le point de s'adoucir. On ne le saura jamais. A ce moment, juste quand Andromeda levait prudemment la cuiller en bois à ses lèvres, ils entendirent distinctement un petit aboiement qui venait de l'autre côté de la porte de la cuisine... Les trois silhouettes se dressèrent et se raidirent. Quelques instants passèrent ainsi sans que rien n'arrive et les choses auraient peut-être repris leur cours sans commentaire si un second jappement, plus assuré et exigeant que le premier ne leur était pas parvenu. L'inquiétude d'Andromeda était extrême. Elle allait parler quand un regard impénétrable de sa mère la fit soudain s'arrêter. Puis vint le troisième jappement.

— Dirage, dit Keithette.

Mais elle se leva alors, semblant se gonfler, s'enflammer du besoin féminin d'affronter le pire. Keithette s'avança jusqu'à la porte du couloir, Andromeda et Tom quelques pas derrière elle. Elle se tourna, résolue et furieuse, avant de saisir la poignée. La porte s'ouvrit comme un couvercle.

Et qu'est-ce qu'ils découvrirent ? Le petit chiot en personne, tout à fait remis, en pleine forme en fait, juste un peu étonné, qui se mit à gambader et se tortiller, feinter à droite à gauche, et à agiter sa queue avec une telle violence que tout son arrière-train n'était plus qu'une vague petite tache de fourrure. Puis il se renversa sur le dos, les pattes dressées bien haut. Andromeda éclata en sanglots et se fraya un chemin pour s'agenouiller à côté du petit chiot.

— Qu'est-ce que c'est que ça ? dit Keithette.

— Laisse-le tranquille, dit Andromeda. C'est un petit... chiot, expliqua-t-elle, ses yeux rendus brillants par le nouvel effort. Un petit chiot.

Le petit chiot leva adorablement les yeux.

— Mon petit chiot, dit Andromeda.

— Pourquoi est-ce que je la supporte ? commença Keithette. Réponds-moi, Tom. Je t'en prie, réponds-moi. D'où est-ce que ça vient ? Depuis le début, elle ne m'a jamais donné un instant de tranquillité. Pourquoi ne peut-elle pas être comme n'importe quelle autre petite fille ? Pourquoi ? Pourquoi ? C'est ça. Je vais t'envoyer vivre avec les autres enfants. Ou les Tordus ! Où est-ce que tu l'as trouvé ? Maintenant écoute-moi bien, Andromeda. « Andromeda », tu parles ! Son propre nom n'est pas assez bon pour elle. Il faut qu'elle aille se faire appeler Andromeda ! Qu'est-ce qu'il fabrique maintenant ? Bon, je vais vous dire une chose, mademoiselle : il ne reste pas ici.

Il fallut de longues heures de supplications, beaucoup de mea-culpa et de C'est-ma faute et le travail considérable de Tom sur le tapis, dans la baignoire et au lit, à grand renfort de serviettes chaudes et de compresses froides, de grattements de dos et de frictions de luffa, sans parler du temps passé à lui caresser les cheveux, se blottir dans son cou et lui embrasser les seins, plus les prières inlassables de la petite Andromeda en larmes, mais à la fin, Keithette fut bien convaincue de tolérer la présence du petit chiot, une présence qui fut entendue comme temporaire, contingente et dotée de nombreuses conditions. Naturellement, un seul claquement de ses gros doigts rouges et Keithette pourrait renverser la décision. Ah ! mais que pouvait-on faire quand il s'agissait d'un petit chiot comme celui-là, avec son froncement de sourcils ridicule et ses yeux implorants ? Ce qui sauvait le petit chiot, c'est qu'il était vraiment adorable. Irrésistiblement adorable. Après les promesses et pénitences infinies, les clauses et les accords de ce long après-midi, même Keithette semblait épuisée par cette bagarre.

— Très bien, dit-elle. Cet animal peut vivre ici pendant quelque temps.

— Ce petit chiot, dit Andromeda.

— Où est-il passé de toute façon ?

Où était le petit chiot ? Pelotonné aux pieds de Keithette, bien sûr, clignant des yeux avec reconnaissance. Quand la nuit tomba, le petit chiot était lové dans le giron de Keithette. Andromeda eut un mal fou à le dégager pour un câlin. Tom leva les yeux de son banc de repos avec un soulagement qu'il avait bien gagné. Il surveillait Keithette au cas où elle donnerait signe de changer soudain d'humeur ou de thème. Tout semblait aller bien maintenant. Quel dirage ç'avait été.

Huilé, toiletté, distinctement dodu et impeccablement propre, le petit chiot passait désormais le plus clair de son temps sur son perchoir favori : le rebord de la fenêtre de la petite chambre d'Andromeda. A travers les brumes du demi-rideau, secouant la queue avec incertitude, puis soudain plus vite quand il reconnaissait quelqu'un ou s'enthousiasmait soudain, le petit chiot regardait les gens aller et venir, pendant des heures. Parce que les gens, les gens étaient si beaux ! Les femmes avançaient à grands pas, les mains sur les hanches, s'arrêtant parfois pour parler et secouer la tête, bras croisés. Les filles, majestueuses et distantes, terriblement conscientes d'elles-mêmes avec leurs joues ovales et leurs cheveux coiffés avec art. Oui, et les gens âgés aussi, au pas plus prudent (sans hâte) et dont les yeux si humains semblaient déverser de la lumière. Les petits garçons étaient durs et sur leurs gardes, visage fermé, méfiants. « Pourquoi ne jouaient-ils pas ? » se demandait le petit chiot à sa manière. « Pourquoi ne jouaient-ils pas à sauter et gambader comme des meutes de chiots ? »

Personne ne jouait à part le petit chiot. Mais le petit chiot jouait beaucoup. Il jouait à sauter, rouler, se cacher. Il exaspérait presque sa jeune maîtresse avec ses cabrioles et ses plaisanteries sans fin. Un mortdi calme, elle trouva le petit chiot en train de s'agiter comme un fou avec une babiole rouge et ronde que Tom avait attachée au pied de son lit. Encouragée par ses aboiements, elle parvint à le détacher ; elle la fit rouler alors devant le petit chiot. Une balle, une balle rouge ! Le petit chiot se mit à lui courir après dans toute la chambre. Il fit le tour de la pièce en lui courant toujours après. La balle entre les mâchoires, il défiait Andromeda d'essayer de la lui arracher et puis de la lui jeter. Puis il la rattrapait et sautait autour d'elle jusqu'à ce qu'elle la lui jette de nouveau. Vraiment, l'hystérie du petit chiot dans ces moments-là ! Andromeda ne comprenait pas. Mais le petit chiot avait visiblement autant besoin de jeu que de nourriture et d'amour. Maintenant quand elle lui apportait ses légumes et ses fruits, le petit chiot se précipitait souvent la tête entière dans le bol.

Un jour, quelques passants jetèrent un coup d'œil dans la maison et virent le petit chiot sur son perchoir. Il jappa joyeusement, prêt à jouer avec eux, et attendit, se préparant à gambader. Les gens reculèrent, hostiles et étonnés. Un petit attroupement se forma et au bout d'un moment, bien que le petit chiot ait fini par se cacher sous le lit, des coups redoublés et obstinés résonnèrent sur la porte. Keithette fit face à ce groupe de gens mal à l'aise et elle leur régla leur compte avec un hurlement terrifiant. Keithette convoqua alors Andromeda dans le salon avec Tom pour une discussion de trois heures. Sujet : l'imagination de Keithette. A ce point, cependant, Andromeda résolut d'agir courageusement. Avec l'aide et la connivence de Tom, elle fabriqua un petit collier pour le petit chiot et une petite laisse. Et elle sortit se promener dans le village avec lui. Au début, le petit chiot se tortillait et se tournait, s'étranglait presque, mais, bien vite il se mit à trotter docilement, et il secouait seulement sa tête désobéissante, gobant toutes les formes et les couleurs comme si le monde entier était comestible. Il faut dire que l'expérience ne fut pas un succès manifeste. Beaucoup de gens ricanèrent, reculèrent ou éclatèrent en sanglots et le petit chiot lui-même laissa échapper un gémissement par quelque ouverture dans ses sinus, un gémissement de surprise face au malheur qu'il semblait représenter et personnifier d'une façon ou d'une autre. Andromeda continuait à marcher, fière et obstinée, même si, maintenant, le petit chiot se serrait plutôt en tremblant contre ses jambes. Au retour, Andromeda fut poursuivie par les sarcasmes jusqu'à sa porte où Keithette l'accueillit et surprit tout le monde, à commencer par elle-même, quand elle adressa à sa fille un sourire d'approbation et ébouriffa avec ostentation le poil brillant du cou plissé du petit chiot. Andromeda orna son collier de clochettes d'argent et sortit de nouveau avec lui le lendemain. Elle était décidée. Mais le petit chiot, il faut le dire, était sérieusement abattu.

— Je t'ai trouvé un nom, murmura Andromeda dans l'obscurité. Jackajack. Ça te plaît ? (Le petit chiot était au lit avec Andromeda. Ça lui plaisait. Tout lui plaisait.) Si tu n'étais pas un animal, murmura-t-elle, je t'appellerais John et tu serais mon ami.

Le petit chiot leva les yeux vers elle, des yeux illuminés par une bonne volonté sans bornes.

Pourquoi les gens aiment-ils les enfants ? Pourquoi les enfants aiment-ils les bébés ? Pourquoi aimons-nous tous les animaux ? Et les animaux eux, qu'est-ce qu'ils aiment ? Tout, le monde entier, plus, même les étoiles tout là-haut, des étoiles comme celle qui s'appelle Andromeda, fichée dans les cieux dispersés, brillant de tous ses feux.

On ne pouvait pas vraiment en vouloir aux villageois. Ils traversaient tous une mauvaise période et ils étaient désarmés face aux mauvaises périodes. Alors que jadis, les gens accomplissaient leur tâche avec des larmes de satisfaction dans les yeux, maintenant ils pleuraient d'autres larmes. Et vers quoi pouvaient-ils se tourner ? Les décennies faciles leur avaient fait perdre le bon vieux dynamisme, le savoir-faire, le potentiel. La prédation et tout son attirail avaient presque totalement vidé leurs gènes des codes pulsionnels et mécaniques. Encore une génération ou deux et, vu la nouvelle facilité ou malédiction qui leur permettait de s'adapter de façon si soudaine et effective, eh bien, je suppose qu'ils auraient fini par trouver quelque chose, avec le temps. Mais ils n'avaient pas le temps.

Ils avaient cherché l'autorité et qu'est-ce qu'ils avaient trouvé ? Les chefs naturels étaient, bien entendu, les femmes dotées des voix les plus fortes et des personnalités les plus affirmées ; et si vous trouvez Keithette déjà assez redoutable, vous devriez voir Clivonne ou

Kevinia ! Au début, ils avaient essayé de chasser le chien par la haine. Ils s'étaient assis autour de lui et ils l'avaient haï pendant des heures mais le chien revenait toujours pour son orgie hebdomadaire. Ils avaient essayé de le chasser par les larmes mais ça n'avait pas marché non plus. Ils avaient essayé de l'ignorer mais être ignoré n'avait guère d'importance pour un chien comme celui-là. Donc les consultations reprirent. Ils ne se réunissaient pas : il leur suffisait de quelques douzaines de maris épuisés et terrorisés, tous des Tom, Tim et Tam, qui couraient porter un message de hutte en hutte. Au fait, personne n'avait décidé d'agir ainsi. Ce n'était pas en réaction à un passé profond. C'était juste la façon dont les choses s'accomplissaient désormais.

Et ils laissèrent donc entrer la mort par la porte de service et lui abandonnèrent ceux qui avaient mal évolué : les hommes avec des becs et les femmes ailées, les êtres couverts de fourrure ou d'une carapace, les êtres visqueux qui semblaient sous le choc de leur honte. On décida de façon subliminale que tout était de leur faute. Oh, les pauvres Tordus... Un meurtridi, Andromeda amena le petit chiot là où traînaient ceux qui avaient mal évolué ; il fut accueilli avec tolérance et il séduisit même une vieille créature hétéroclite, sorte de bardot, qui caressa le pelage du petit chiot d'une main molle, presque une patte. Le petit chiot adopta les Tordus comme il adoptait tout le monde. Ils étaient défaitistes, apathiques et inertes : des machines de survie défectueuses, ils savaient qu'ils n'étaient pas faits pour durer. Ils savaient qu'ils ne seraient probablement pas sélectionnés, pas ultimement, pas dans ce sens. Et comme ils étaient peu nombreux maintenant, bientôt, pensa Andromeda, les pauvres Tordus seraient tous épuisés. Et alors ? Une seule issue. Elle réfléchit à des moyens de sauver le petit chiot si on en arrivait là.

Sur le chemin de la maison, ils furent suivis pendant un moment par un groupe de femmes qui hurlaient et invectivaient le petit chiot et lui faisaient des grimaces qui l'effrayèrent passablement.

— Allons, Jackajack, dit Andromeda d'une voix forte. Ne fais pas attention à elles.

Donc il s'esquiva à côté d'elle et il la suivit en jetant des coups d'œil inquiets par-dessus ses épaules basses. Mais Andromeda ne se retourna pas une seule fois. Elle marchait droit devant elle et occupait tout l'espace qui lui était donné. Parce qu'Andromeda jouissait d'un prestige ambigu dans le village ; elle avait certainement une valeur rare. C'était en partie dû au fait qu'elle avait refusé d'aller vivre avec les enfants et qu'elle avait changé son propre nom. Sa mère l'avait appelée Briana, elle avait préféré « Andromeda » s'il vous plaît. Mais c'était surtout sa beauté : la beauté. Plus personne ne savait à quoi les gens étaient censés ressembler ou ne pouvait deviner quelles formes humaines les avaient jadis rendus beaux. Les femmes étaient toutes rudes, massives et solides ; les hommes effacés, mornes et réduits à néant. Et pourtant tout le monde a du temps pour la beauté, pour l'art, pour un plan et un dessin. Nous finissons tous par nous soumettre à la beauté. De la même façon instinctive que le chien salivait de plaisir quand il rencontrait des restes humains dans quelque tas de ses propres excrétions chaotiques (son cœur éclatait de joie), les gens regardaient le visage de la petite Andromeda, ses yeux ronds, ses sombres sillons et latences et ils éprouvaient de la fierté pour le moule humain.

— Regarde, Jackajack, dit-elle.

Ils étaient arrivés au bord du cratère, le cœur, le grand creux et sa question de feu. Maintenant les flammes dévoraient l'air, elles crachaient, mâchaient et se raclaient la gorge. Personne n'alimentait le feu, il brûlait toujours, sans combustible, mais avec une fission peut-être ; peut-être que les filles de la fission étaient prisonnières sous la croûte. Bien que le village fût sans dieu, on considérait le cratère comme semi-sacré, et les gens, terrorisés, sentaient à contrecœur ses codes et ses secrets. Personne n'y allait certainement comme ça. Et maintenant il avait bien sûr un autre rôle.

— Regarde, Jackajack, chuchota Andromeda.

En contrebas, dans le gouffre découpé, entouré de flammes, quelques femmes attachaient un vieux Tordu au bûcher, prêt pour mortdi. Le petit chiot aboya. Il n'aimait pas le feu. Le chien non plus. Mais le feu ne le dérangeait pas tant que ça. Il pouvait s'en accommoder s'il le fallait.

Keithette était lourdement assise à la table ronde, observée de près par Tom et Andromeda. Tous deux avaient assisté au séminaire informel réuni par Keithette qui avait duré toute la matinée. Sujet : la sensibilité de Keithette. Le travail vraiment dur de l'après-midi, pourtant, était revenu à Tom seul : un régime serré de massage du cuir chevelu, de tressage des cheveux, de caresses entre les orteils marqué toutes les heures par des rapports sexuels. Ça n'avait pas marché. Plus rien ne marchait désormais. Parce que ce soir, c'était le soir du chien. Et maintenant on aurait dit que chaque jour était dirage.

Comme l'avait prédit Andromeda, l'inévitable avait fini par arriver et bientôt la réserve de Tordus avait été complètement épuisée. En fait ils étaient partis beaucoup plus vite que prévu parce que même le chien en dédaignait certains. Il les tuait bien, d'un seul coup de ses griffes sanglantes, et tourmentait horriblement les cadavres mais il refusait de les manger. Il restait immobile, stupide et implacable, des heures durant (il ne se couchait jamais, même pendant ses sommes fameux), avant d'arracher le meilleur membre du Tordu et de partir avec, pour revenir le lendemain et le jour d'après. Alors il regardait dans le cratère illuminé et n'y voyait aucune offrande pour lui. Juste le feu crépitant, ni plus violent ni plus éclatant que la faim qui enflammait son cœur.

— Le voilà, dit Keithette.

Oui, le voilà. On entend distinctement ses reniflements et ses ioulements liquides tandis qu'il galope vers le village, à travers les champs, plus près, de plus en plus près. Le village entier écoute, écoute dans le noir, un monde de bruits. Sa démarche craquante, ses grognements, ses grands gargouillements en perspective d'une satiété répugnante. Puis, son long silence au bord du cratère, son hurlement contrarié de déception, son cri final de rage affamée. Puis ils l'entendent renifler et fouiller autour des huttes, écumer et baver à longs sillons, se jeter régulièrement de tout son poids contre n'importe quelle faiblesse, puis ils entendent le bois qui se brise, les cris humains, les bonds lourds et arythmiques de la poursuite, les déchirements furieux et la proie qui est avalée... Un jour, alors que le chien consommait sa proie en écumant, le petit chiot (qu'Andromeda tenait fermement sur ses genoux) poussa un jappement perçant. Dehors, il y eut un silence soudain suivi quelques minutes plus tard par un grognement de haine et de désir fabuleux, à quelques centimètres de la porte d'entrée. Mais la faim du chien avait perdu de son acuité (et il y aurait une autre nuit) et ils n'entendirent plus que les grognements habituels tandis que le chien tirait la carcasse à moitié dévorée hors du village, dans les collines.

— Il s'en va maintenant, dit Keithette. (Elle ferma les yeux et agita son doigt dans la direction de Tom qui s'avançait tristement vers elle.) Quand est-ce qu'il arrêtera de venir ? Quand ? Quand ? Pourquoi est-ce que je ne sais pas quoi faire ? Pourquoi ? Pourquoi ? Demain je parlerai à Royenne et à Clivonne. Je parlerai peut-être aussi à Kevinia. Je ne sais pas pourquoi mais je pense que je serai la dernière à partir. Pas là, dit-elle à Tom. Là, là.

Quand le danger de la prédation est grand, les communautés de quelque phyle que ce soit ont tendance à resserrer leurs liens et les rôles hiérarchiques deviennent plus aigus et plus vivement contestés. Ou du moins il en va théoriquement ainsi. Cette communauté-là, par exemple, avait depuis longtemps perdu toute mesure génétique. Leur meilleure solution aurait probablement été de déménager et de se faire nomades pour quelque temps. Mais l'attachement au site était, hélas, bien le seul élément stable dans leur code ADN. Comment peut-on s'enfuir quand on est incapable d'envisager la possibilité d'un ailleurs ?

Avec un bon repas dans le ventre et un cadavre correct à grignoter et ronger, le chien disparaissait pendant six jours. Cela sembla un net progrès après le chaos des Tordus et en fait tout le monde admirait secrètement l'ascétisme du chien qui se limitait à un être humain par semaine. Il lui faudrait au moins deux ans pour tous les consommer. Ce meurtridi, pourtant, apporta de mauvaises surprises.

Au cours de sa dernière sortie, le chien avait réussi à entrer dans l'enceinte des maris de rechange et il avait choisi une victime parmi les seize hommes qui s'y agglutinaient. Dans la mêlée, trois maris de rechange avaient été blessés ou entamés par les dents ou les griffes du chien. Dans l'après-midi de geinsdi, leur ventre avait démesurément enflé et des poils épais avaient poussé sur leur dos et leurs fesses. Tous trois étaient morts pendant la nuit dans des affres sans nom. Saledi, on annonça que sept maris de rechange qui étaient seulement entrés en contact avec le pelage du chien étaient atteints d'infections cutanées d'une incroyable virulence ; eux aussi moururent dans un cauchemar écumant de serpigo et de pian. Lasdi, les cinq hommes qui restaient, qui avaient juste senti l'haleine du chien, succombèrent au choc toxique.

Les pensées des femmes se tournèrent naturellement vers la réserve des enfants, logés dans une bâtisse qui n'était pas trop solide juste derrière l'enclos des maris de rechange. Je dis « naturellement » mais il faut insister sur le fait que la façon dont on portait et s'occupait des enfants avait beaucoup changé : les gènes opérateurs étaient sinon dépourvus d'ego, du moins ils avaient franchement tendance à manquer d'ambition. Donc devaient-ils tous mourir, vite et sans combat ? Rien ne veut évoluer mais tout le monde veut survivre. Nous refusons juste de partir. Même quand la vie est malheureuse et surtout vécue dans la peur et qu'il y a des raisons pressantes de se retirer, nous refusons. Nous ne voulons pas partir.

De nouveau, on parla et on envoya des messages et les maris éplorés firent leurs navettes. Mortdi, à midi, comme saisi en masse de somnambulisme, le village entier se rassembla autour du cratère, près du cou de cygne de feu. Oui, Andromeda y était avec le petit chiot qu'elle protégeait instinctivement des grimaces de la foule. Ils savaient tous ce qui allait arriver, ils le savaient avec une honte épuisée, ils avaient conscience de manquer à leur destinée humaine. Royenne et Clivonne présidaient autour d'un épais tonneau. Les villageois défilèrent alors devant elles et chacun d'eux laissa tomber dans la barrique une possession personnelle, un foulard, un outil, un bandeau, une boucle d'oreille. Tous, sans exception. Tom tint le petit chiot quand ce fut le tour d'Andromeda... Enfin, Kevinia s'avança, regarda autour d'elle, et remonta ses manches, son visage dur brillant dans la chaleur silencieuse. C'est à ce moment que le petit chiot aboya, aboya contre Kevinia ! Il commença même à gronder. Kevinia regarda droit devant elle, avec un dédain scandalisé, tandis qu'Andromeda luttait pour maîtriser le petit chiot et avec l'aide de Tom finit par apaiser Jackajack qui se débattait et faisait claquer ses mâchoires. Ce fut donc avec l'éclat supplémentaire de la rectitude, les yeux flamboyants, que Kevinia se pencha sur le tonneau, leva bien haut, puis, avec un geste d'explication, de révélation, laissa tomber par terre la petite balle rouge.

Le ciel parlait de guerre.

— C'est la guerre, déclara le ciel.

Tout là-haut, les étoiles du soir envoyaient leur lumière, de manière nucléaire, leur masse combustible étendue par de vastes équations, des pulsars, des quasars, gigantesques et nains, et Andromeda brûlait aussi en riches implosions, changeait et chargeait à travers le firmament électrique. En dessous, les nuages lourds semblaient aussi durs et nettement dessinés que du granit, l'œuvre de propulsions abruptes, de violentes interactions...

Maintenant le petit chiot était couché dans les bras de sa maîtresse pour leurs dernières heures. Tous ses sens avaient une seule mission : trouver comment percer les voiles de son chagrin et peut-être essayer de l'apaiser. Sa vigilance passionnée avait aussi une acuité animale. Vous avez vu ces chiots au parc ou au bord de la mer, attachés à une clôture pendant que le monde entier s'ébat et danse. C'est le comble de la souffrance pour un chiot ; cela fait bien plus mal que la faim. Mais maintenant le petit chiot éprouvait cette douleur à l'envers, elle le tordait et le déchirait dans son effort de prendre le chagrin sur lui et de l'alléger.

— Merci, Jackajack, murmura Andromeda qui sentait les contractions brûlantes, la bonne volonté infinie, de son amour.

Leur petite chambre était baignée d'une lueur

rosée : on se couchait tôt en été, par restriction, juste une exclusion. Andromeda avait l'orgueil d'affronter son destin, comme une femme. Mais elle ne voulait pas partir. Elle pensait à s'enfuir, s'échapper (personne ne l'aurait arrêtée), rien qu'elle et le petit chiot. Mais c'était une grande planète déserte maintenant et très solitaire. De grands vides pesaient sur l'endroit humain. Andromeda avait l'orgueil. Mais elle ne voulait pas partir.

Bientôt ils entendirent des murmures d'excuse dans le jardin. Keithette était assise à la table ronde, plongée dans son drame personnel. Elle refusait, elle ne dirait jamais au revoir. Tom la regardait timidement (encore fatigué et faible après quatre heures de fellation ininterrompue).

— Je m'en vais maintenant, dit Andromeda ; et elle pensa : « Quelles étranges créatures nous sommes, vraiment. » Je m'en vais maintenant. Au revoir, Jackajack, dit-elle. Reste... reste...

Le chien arrivait. On pouvait déjà sentir sa stridence mutilée tandis qu'il s'approchait, passait les collines. Flanquée de ses deux maris, la lourde Kevinia mène Andromeda au bord de la grande concavité, descend les larges boucles du chemin, jusqu'à l'endroit où le feu dévore son repas de pénombre. L'affreux crucifix se dresse là et attend comme un Tordu. Kevinia donne les instructions. Le mari numéro un attache les petites mains d'Andromeda, s'en remettant sur le mari numéro deux pour les petits pieds. Ses yeux vont d'un visage à l'autre mais rien n'est dit et ils se dépêchent vite de partir, de remonter le chemin tortueux. Et

Andromeda regarde donc le feu, ses esprits et ses génies et leur pur pandémonium.

D'un pas inégal, le mangeur d'hommes pénètre dans le village, ses lourds filets de salive tournoient, crépitent presque, il est saisi d'une nostalgie sauvage quand il passe le site de quelque tuerie récente ou d'une mutilation décisive, ses mâchoires mollement entrouvertes se referment violemment dans un spasme de souvenir, ses griffes acérées se fendent et s'enrayent sur la terre nue. Le voilà maintenant, très horrible, la fourrure rapiécée, le sexe flasque et malformé, la cinquième patte protubérante de son derrière comme le résultat de quelque exploit sexuel peu judicieux. Le Sélectionneur naturel. Bien que lui-même résistant — il peut bien se vanter d'une immunité totale — le chien bouillonne et éclate d'une écologie entière de virus pris au piège, de germes et de microbes : anthrax, mauvaise incubation, peste bovine, vertigo, diarrhées, morve, cals, pourriture et gale. Il miroite comme une brume de chaleur. Les fleurs sont toujours mortes là où le chien a dormi.

Nous connaissons tous l'attitude habituelle du village quand le chien approche. Il fait le mort. Il cache son visage humain dans une torpeur humiliée. Mais, cette nuit de sacrifice, de nouvelle nausée et défaite, les têtes basses refusent de se courber pour recevoir leurs coups. Pourquoi ? C'est Andromeda, c'est l'orgueil, c'est la beauté, est-ce aussi, peut-être, d'une certaine façon perverse, à cause de la façon dont la fillette a soutenu le petit chiot ? On peut maintenant sentir monter le mugissement lourd d'une violence contenue, d'une mutinerie énervée. Dans les cabanes serrées, les fenêtres et même les portes s'ouvrent et des maris apparaissent, crient et agitent les bras, tandis que les femmes aussi ricanent et haïssent, essayant de toutes leurs forces de repousser le chien de leur haine.

Ce n'est pas que le chien soit très démonté par ce traitement. Après quelques pauses stupides et des grognements en l'air (des grognements qui sont comme des injures fatiguées), il reprend sa progression vers le cercle. Stupidement, il s'arrête de nouveau, comme si quelque mauvaise crampe ou crise parcourait son système. En vérité il n'a pas l'air d'aller bien du tout. Son régime ne lui réussit certainement pas. On ne pourrait pas imaginer une meilleure publicité contre la consommation d'êtres humains. Oui, même le chien est capable de se détériorer avec un régime pareil : ces jours-ci il n'est pas en si bons termes avec ses propres émanations et il peut se décorer d'un seul renvoi... Il vient au bord du cercle. Les yeux écarlates, il se penche pour regarder à travers l'air déformé et il voit une silhouette, prête au bûcher. Il grogne et commence à descendre : c'est bien, voilà, c'est la façon dont les choses doivent se dérouler. A mi-chemin, il lève les yeux et voit les villageois enhardis assemblés autour du cratère, tout autour de lui, pleins de bruits et de gesticulations. Pourquoi tout ce raffut ? semble se demander le chien, il se tourne et regarde au fond, à travers les flammes pointues pour inspecter le sacrifice, sûr de trouver le ballot habituel ou le dégénéré bâillant nerveusement attaché au poteau. Quand il voit les petits membres bruns qui se contorsionnent (comme tout se contorsionne en bas), l'estomac du chien bat et gargouille et un litre ou deux de salive fumante dégoulinent de sa gueule. Maintenant lentement, avec anticipation, avec la révérence qui lui est due, le chien descend le chemin en boucle.

Andromeda le regarde à travers les flammes. En fait, les flammes elles-mêmes semblent vouloir consumer le chien, elles tendent vers lui leurs langues et leurs doigts, pour le consumer et le transformer, l'avaler et le recracher, assaini. Une petite flammèche ne peut résister et se penche pour caresser le pelage de feu du chien. Le chien grogne de façon abstraite tandis qu'un morceau de sa fourrure crépite brièvement comme une torche de genêt. Mais il reprend sa marche lourde — il peut supporter ça — et pénètre enfin dans l'interrogation de feu. Quand il voit Andromeda, quand il la sent et comprend la qualité de la provende qu'on lui offre, ses membres galopent en avant (suivis en cahotant par sa tête et son corps), avant de s'arrêter dans une halte instable, à une dizaine de mètres. Maintenant il est de nouveau immobile. Le chien aussi apprécie la beauté à sa manière. Il la mangera très lentement.

Andromeda rencontre ses yeux écarlates. Ses gardes du corps personnels ou les dieux de son corps, les dieux de l'épanouissement souhaitent l'emporter ailleurs et la choyer dans le sommeil. Mais avec toute la fièvre et toute la magie présentes dans le cercle, on ne peut pas arrêter l'oxygène brûlant, le sang actif. Le feu siffle plus fort que la foule, là dans le creux des flammes. Elle voit la mâchoire du chien tomber : les dents carcinogènes, la tumeur de la langue, les flammèches de bave bouillonnante. Puis, aussi brusquement qu'un uppercut, la gueule du chien se referme soudain, il baisse la tête et commence lentement à s'avancer vers elle.

Qui pressent quelque chose le premier, Andromeda ou le chien ? La foule qui les entoure se tait en cercles concentriques, petit à petit, musique des sphères qui tombe à travers les fréquences et meurt sur sa bande. Le chien lui-même semble frappé par le silence qui s'impose doucement. Qu'est-ce qu'ils entendent dans le calme entaché de flammes ? Est-ce le carillon de petites clochettes ? Le chien se tord douloureusement le cou pour regarder le bord du cratère. Au début du chemin qui tourne, la balle rouge brillante dans la gueule, se tient le petit chiot Jackajack.

Lui aussi, il est venu rencontrer son destin : et il commence à descendre, le petit chiot, d'un trot léger, les pattes de devant lancées loin en avant, régulièrement, la tête dressée pompeusement. Le chien le regarde avec un dégoût proche de la peur. Oui, la peur. Bien sûr le chien est aussi courageux qu'un lion mais beaucoup plus stupide ; chacun craint son image inversée, son antimatière ou son Antéchrist. Chacun se craint soi-même. Il recommence à saliver, pousse des grognements sourds, et observe le petit chiot (qui regarde droit devant lui) qui descend la large spirale en crânant, disparaît derrière les voiles de flammes et fait son entrée en se pavanant dans le cercle. Il marche droit jusqu'au chien, juste dans les miasmes qui l'entourent, et laisse tomber la balle rouge, fait un saut en arrière, se couche le nez sur ses pattes et aboie.

Le chien hésite, les yeux brillants d'une faible lueur mauvaise. Cette crevette, ce morceau, cet amuse-gueule : qu'est-ce que c'est que ce jeu ? Le petit chiot jappe de nouveau, saute en avant sur sa balle puis fait un bond en arrière et se remet à l'implorer, tête penchée sur le côté. Pendant plusieurs secondes le chien le regarde complètement surpris, toutes ses jauges internes en action, à la recherche de souvenirs oubliés, de messages et de codes. La foule aussi murmure sidérée, jusqu'à ce que quelqu'un commence à hurler, huer, à aiguillonner le chien, le pousser à continuer. Maintenant le petit chiot pousse la balle rouge sur le chemin du chien et recommence sa danse bondissante avec plus d'une feinte et d'un tour coquet. Le chien fonce lourdement en avant. Mais en un clin d'œil le petit chiot s'abat sur la balle et parcourt deux cercles étroits puis se laisse tomber par terre en tournant le dos au chien pour embrasser et cajoler son prix incomparable. La gueule écumante et béante, le chien regarde la queue du chiot s'agiter d'avant en arrière sans se soucier de lui, il voit le petit derrière dodu, tendu et vif. Soudain il se lance de nouveau en avant mais le chiot est déjà debout et loin, et il saute hors de sa portée en tenant la balle bien haut. Oh, ce petit chiot, il est vraiment à croquer.

Tandis que le jeu continue, observé par la foule et le feu excité (chacun avec ses huées et ses applaudissements), le chien semble commencer à avoir d'autres idées au sujet du chiot, à en juger par la grande extension pourpre qui s'étend de ses parties inférieures déformées, ses yeux paludiques et son souffle tempétueux. Maintenant le petit chiot a trotté quelques mètres plus loin et s'est mollement couché sur le dos, les pattes levées, la balle rouge apparemment oubliée à côté de lui. Stupidement, le chien attend son moment. Il s'avance, se met à courir d'un bond, prend de plus en plus de vitesse jusqu'à ce que, sûr de son triomphe (bien qu'on puisse lire dans son expression quelque inquiétude quant à son audace balistique), il se jette lourdement à travers les airs. Bien sûr la balle et le petit chiot ont tous deux disparu et le chien s'écrase dans un chaos tellement résonnant sur la roche fondue qu'un silence soudain s'abat sur la foule, qui se demande si le chien est mort ou blessé et quelle furie il déchaînera maintenant à son réveil... Quelques secondes passent et le corps ne bouge toujours pas. Après un regard rapide chargé de désir dans la direction d'Andromeda, le petit chiot s'approche de la masse venimeuse, du déchet fumant du chien. Tout le monde retient son souffle tandis que le petit chiot flaire et aboie, tend une patte vers la gueule béante du chien. Il fouine entouré par les murmures croissants d'espoir. Voilà que le petit chiot lève même une patte de derrière et semble s'apprêter à... mais c'est le cri d'Andromeda qui l'avertit. Il a beau faire un bond en arrière avec un petit jappement, les griffes du chien ont fait leur œuvre et rayé d'un éclair de sang le ventre rose du chiot.

Le chien aussi jouait : il jouait à faire le mort. Mais il ne joue plus maintenant. Il se dresse sur ses quatre pattes, immense, puis sur deux et, immense, il secoue les loques sanglantes de sa rage. Maintenant la poursuite commence vraiment, le grand chien bondit derrière le petit chiot, en cercles de plus en plus serrés, il dérape et tourne, va de ce côté ou de l'autre, par-ci, par-là. Pendant un moment le chiot semble plus léger que l'air, malicieusement souple, subatomique, éclatant de lumière, tout en virevoltes et charme, alors que le chien se déplace sur des rails comme un taureau, tout en masse et en élan et à jamais soumis à leurs lois. Ça ne peut pas durer. Le chiot trébuche tout le temps, comme tous les chiots, et laisse du sang par terre, il semble de plus en plus faible et petit chaque fois qu'il trouve l'énergie pour tourner alors que le chien semble remplir tout l'espace, semble remplir tout l'enfer et plus encore... Enfin, le chiot conduit le chien dans un grand arc au bout de la faux de feu. Ils en sortent le gros animal derrière le petit, plus proche, de plus en plus proche.

— Tourne, crie la foule.

— Tourne, crie Andromeda quand ils passent à toute vitesse devant elle.

Le chiot peut maintenant sentir l'haleine brûlante du chien sur sa croupe, le Bunsen de salive et de gencives enflammées et pourtant il continue à trébucher et bondir en avant, semblant propulsé par le seul rythme désespéré de sa course. Ensemble, ils s'approchent vite de la grande fusion de feu, presque un seul animal maintenant, la queue du chiot chatouillant la gueule écumante du chien aux mâchoires ouvertes prêt à donner le premier coup de dents. Tourne, tourne...

— Tourne, crie Andromeda.

Mais le petit chiot ne tourne pas. Avec un hurlement de terreur et de triomphe, il se jette haut dans les flammes et le chien, comme un missile aveugle, à la recherche de chaleur, comme une arme de crachats et de sang ne peut rien faire d'autre que le suivre.

Et donc les flammes peuvent enfin se repaître. Et quel festin elles font du chien. Comme elles toussent et s'étouffent, quels horribles haut-le-cœur et expectorations les secouent, comme elles explosent et crèvent de vapeur et de gaz, comme elles éructent et vomissent. Elles jaillissent en panache et sont agitées d'éclairs et d'électro-encéphalogrammes avant de se calmer et de s'apaiser et avant de recommencer à respirer.

Dès que Tom l'a détachée, Andromeda l'écarte et marche tout le long de la faux de feu. Elle trouve le corps encore fumant du petit chiot, le ventre en l'air, juste au-delà de la fusion de flammes et elle s'agenouille pour le prendre dans ses bras. Les flammes n'ont pas voulu le manger ; elles se sont laissé traverser et l'ont déposé en toute sécurité de l'autre côté. Soudain le petit chiot tousse et tressaille, il cligne des yeux vers elle pour la dernière fois. Oui, la musique du petit chiot s'éteint. Le petit chiot ne peut pas persister, du moins pas sous sa forme de petit chiot, la queue roussie, le ventre délicat taché de sang, les pauvres pattes molles maintenant, vidées de leur vie. Andromeda lève les yeux. Les villageois se sont alignés le long du chemin qui tourne, en silence. Mais quand son chagrin éclate, eux aussi se mettent à pleurer, à gémir, jusqu'à ce que les sons, emportés vers les cieux par le feu, se perdent dans les moutonnements du ciel.

Tard dans la nuit, Andromeda était couchée tout éveillée, son visage brûlant enfoncé dans son oreiller trempé. Ses pensées, naturellement, étaient avec le petit chiot Jackajack. Elle avait porté son petit corps au bûcher et l'y avait placé sur une écharpe blanche. Les villageois s'étaient tous agenouillés pour lui rendre hommage et s'étaient maudits, honteux de l'avoir méprisé et d'avoir douté de lui, du petit chiot qui pouvait. Il y avait du chagrin et il y avait de la joie. Et il y avait de la honte. Le lendemain le petit chiot serait exposé pour les actes de propitiation des villageois. Puis Andromeda irait l'enterrer hors du village, au-delà des collines, près du ruisseau timide. Mais la faux serait un endroit sacré et tous ceux qui y passeraient penseraient toujours au petit chiot. « Maintenant il est parti pour toujours », se dit-elle.

— Et à quoi ressemble la vie sans lui ? Si seulement il pouvait boire toutes mes larmes, murmura-t-elle. S'il pouvait seulement les laper.

Elle pensa à son visage quand il lui avait souri pour la dernière fois, si gentil, plein de tant de pardon intime. Infiniment intime et aussi éclairé de secrets.

Puis elle entendit frapper doucement à sa fenêtre, des coups patients et sourds. Elle sortit de son lit et regarda dehors. Tout était sombre et endeuillé. Andromeda s'enveloppa dans un châle et se précipita dans le couloir. Elle ouvrit la porte et dit :

— Jackajack ?

Le garçon était immobile, découpé sur les étoiles qui tourbillonnaient, son corps encore marqué par les griffes et les flammes. Elle tendit une main pour toucher les larmes dans ses yeux humains.

— John, dit-elle.

Ses bras étaient puissants et guerriers. Il se tourna et la conduisit dans la nuit fraîche. Ils s'immobilisèrent en haut de la colline et baissèrent les yeux sur leur nouveau monde.

Les Immortels

Quelle perspective ! Bientôt les gens seront tous partis et je serai seul pour l'éternité. Les êtres humains par ici sont en très mauvais état, avec la radiation solaire, les problèmes d'immunité, leur régime de rats et de cafards, etc. Ils sont les derniers ; mais ils ne peuvent pas durer (essayez donc de le leur faire comprendre !). Les revoilà, ils viennent péniblement regarder un coucher de soleil infernal. Ils souffrent tous de maladies et d'hallucinations. Ils croient tous qu'ils sont... Mais les pauvres, laissons-les tranquilles. Maintenant je me sens libre de dévoiler mon secret.

Je suis l'Immortel.

Cela fait déjà un temps incroyablement long que je suis ici. Si le temps est de l'argent, alors je suis le dernier des grands dépensiers. Et vous savez, quand on est ici depuis aussi longtemps que moi, l'échelle diurne, ces vingt-quatre heures peuvent vraiment commencer à vous démoraliser. J'ai essayé des combinaisons plus grandioses. Et j'ai eu mes succès. Une fois, je suis resté éveillé pendant sept années d'affilée. Sans même une petite sieste. Bon sang, ce que j'étais claqué. D'autre part, la fois où j'ai été malade en Mongolie, j'ai pioncé pendant une décennie entière. Désœuvré, traînant mes savates dans une oasis du Sahara, je me suis curé le nez pendant dix-huit mois. Une fois, alors qu'il n'y avait personne dans les parages, j'ai fait durer une masturbation un été entier. Même les crocodiles immuables m'enviaient mes bains dans les rivières éternelles, mouchetées de temps. Franchement il n'y avait pas grand-chose d'autre à faire. Mais j'ai fini par arrêter ces expériences et je me suis sagement soumis à la navette du jour et de la nuit. Il semblerait que j'ai besoin de dormir. Il semblerait que j'ai besoin de faire les choses que les gens semblent avoir besoin de faire. Me couper les ongles. Aller aux chiottes et me raser. Me faire couper les cheveux. Toutes ces interruptions. Pas étonnant que je n'aie jamais rien accompli.

Je suis né ou apparu, ou je me suis matérialisé, ou j'ai été envoyé sur terre, près de la ville de Kampala, en Ouganda, en Afrique. Bien sûr, Kampala n'existait pas encore, pas plus que l'Ouganda. Ni même l'Afrique, quand on y pense parce qu'à cette époque les masses terrestres étaient toutes unies. (Il a fallu que j'attende le XXe siècle pour vérifier la plupart de ces choses.) Je crois que je devais être un dieu raté ou quelque chose comme ça ; je venais probablement d'une autre planète qui marchait à une autre heure. De toute façon je n'ai jamais valu grand-chose. Ma vie, malgré sa longueur, a été pour la plupart nulle. J'ai dû attendre un bon bout de temps avant que n'arrivent des êtres humains avec qui traîner. Le monde se refroidissait encore. J'ai vécu toute l'ère de la géologie en attendant la biologie. Je me penchais sur les petites mares chaudes où la vie égrenée par l'espace commençait et je leur chantais des chansons. Oui, j'étais là, je vous encourageais déjà de la ligne de touche. Parce que mes instincts étaient grégaires et que je me sentais terriblement seul. Et puis j'avais faim.

Puis les plantes firent leur apparition, ce qui changea agréablement, et certaines séries primitives d'animaux. Au bout de quelque temps je compris et me fis carnivore. En partie pour des raisons d'autodéfense, je devins un chasseur prodigieux. (Ce n'était guère une question de survie, mais personne n'aime être reniflé et recevoir des coups de griffe ou de dent à longueur de temps.) Ils n'arrivaient pas à concevoir un seul animal que je ne sois pas capable de tuer. J'avais aussi des animaux domestiques. C'était une vie de plein air plutôt saine bien que peu stimulante. Je rêvais de... réciprocité. Si je trouvais l'ère permienne minable, c'est uniquement parce que je n'avais pas encore vécu le triasique. Je ne peux pas vous dire à quel point c'était mortel. Et puis, tout d'un coup, en 6 000 000 avant J.-C. environ, la première (non officielle) ère glaciaire survint et il fallut tout recommencer, plus ou moins à zéro. Les ères glaciaires, je dois l'admettre, donnèrent de sacrés coups à mon moral. On les voyait bien venir : il y avait une sorte de jeu de lumières cosmique puis, le plus souvent, une tempête magistrale de collisions absurdes ; puis la poussière et de jolis couchers de soleil ; puis l'obscurité. Elles arrivaient régulièrement, tous les 70 000 ans, précises. On pouvait régler sa montre sur elles. La première ère glaciaire emporta les dinosaures, ou du moins c'est ce que dit la théorie. Moi je sais. Ils auraient pu réussir s'ils s'étaient serré la ceinture et s'étaient comportés raisonnablement. Les tropiques étaient un peu étouffants et sombres, c'est vrai, mais parfaitement habitables. Non, les dinosaures l'ont mérité : une sale bande, vraiment. Ces films d'aventures dans des mondes perdus montrent bien les dinosaures comme ils étaient. Incroyablement stupides, incroyablement susceptibles et incroyablement gros. Et toujours en train de se quereller. On aurait dit que j'habitais dans un abattoir de baleines. J'avais déjà le feu à cette époque, bien sûr, donc je mangeais bien. Un steak tous les soirs.

Le premier groupe d'hommes singes était plus ennuyeux qu'autre chose. J'étais content de les voir, dans un sens, mais dans l'ensemble ils étaient plutôt gênants. Toute cette évolution et pour ça ? Il fallut un fichu temps avant qu'ils valent quoi que ce soit et même là, j'étais encore choqué de voir à quel point ils étaient cupides et paranoïaques. Avec ma petite maison, mes costumes de fourrure, mon air rasé de près et mes barbecues, je me faisais remarquer. De temps en temps je devenais objet de haine ou de culte. Mais même les plus amicaux ne me servaient à rien. « Ugh, Arg, Ekk » : vous appelez ça une conversation ? Et quand ils finirent par s'améliorer et que je me fis quelques copains et commençai à avoir des liaisons avec les femmes, je fis une découverte horrible. Je pensais qu'ils seraient différents mais non. Ils vieillissaient tous et mouraient comme mes animaux domestiques.

Comme ils meurent maintenant. Ils meurent tout autour de moi.

Au début, par ici, ça nous a fait plaisir quand le monde a commencé à se réchauffer. Ça nous a fait plaisir quand les choses se sont de nouveau faites plus gaies. L'hiver est dur ; mais l'hiver nucléaire arrive à être particulièrement sinistre. Même moi je m'étais lassé d'une nuit qui avait duré treize ans (et la Nouvelle-Zélande, je trouve, est passablement morne dans les meilleures périodes). Pendant quelque temps, les bains de soleil furent la grande mode. Mais on passa d'un extrême à l'autre. Il faisait de plus en plus chaud, ou plutôt il y eut un changement dans la nature de la chaleur. On n'aurait pas dit les rayons du soleil. On aurait plutôt dit du gaz ou du liquide : on aurait dit de la pluie, très fine, très chaude. Et les maisons ne semblaient pas y résister très bien, même celles avec des toits. Les gens cessèrent de pratiquer le culte du soleil et devinrent des adeptes de la lune. La vie devint nocturne. Ils sont passablement gais, quand on y pense, plus tristes pour les autres que pour eux-mêmes. Heureusement, je suppose, qu'ils ne savent pas ce qui les attend vraiment.

Ces pauvres mortels, j'ai du chagrin pour eux. Il n'y a vraiment rien qu'ils puissent faire pour ce démon en fusion là-haut, au milieu du ciel. Ils ont affronté la colère et ils ont affronté le froid ; et maintenant ils sont de nouveau complètement nucléarisés. Ils sont renucléarisés, doublement nucléarisés par le lent réacteur du soleil.

L'apocalypse a eu lieu en 2045 après J.-C.

Quand j'ai été sûr qu'elle venait, j'ai foncé au cœur de l'action : Tokyo. Je dois dire tout de suite que j'étais plus que prêt à me retirer. Je n'étais même pas particulièrement déprimé ou quoi. Je n'étais certainement pas aussi déprimé que maintenant. En fait, je venais à peine d'émerger d'une cuite de cinq ans et pour moi, l'avenir était souriant. Mais, à ce stade, la planète était dans un état désespéré et je ne voulais plus rien y avoir à faire. Je voulais m'en aller. Rien d'autre n'était arrivé à me tuer, je supposais qu'être directement touché par une bombe atomique était ma seule chance. Je suis cosmique, temporellement, mais les bombes atomiques aussi : par leur puissance. Si une bombe atomique n'a pas la force de me tuer (me dis-je), eh bien, rien d'autre n'y arrivera. Je n'avais qu'une seule grave inquiétude. Le mode de déploiement de l'époque était d'étendre un tapis de détonations d'une portée de cent kilotonnes. Personnellement j'aurais préféré quelque chose de plus gros, disons au moins une mégatonne. J'avais raté le coche. J'aurais dû saisir ma chance à l'époque des tests atmosphériques. Je rouspétais toujours quand je pensais à la saloperie de soixante mégatonnes que les Russes avaient essayée en Sibérie. Soixante millions de tonnes de TNT : sûrement, même moi je ne m'en serais pas sorti vivant...

Je louai une chambre au dernier étage du *Century Inn* près de Tokyo Tower, en plein milieu de la ville. Je voulais tout prendre en pleine figure. A l'hôtel, ils semblaient contents de m'avoir comme client. Les affaires étaient loin de bien marcher. Tout le monde savait que ça commencerait à finir ici : ça avait commencé à finir ici un siècle plus tôt. Et à cette époque toutes les villes, partout, étaient en train de mourir de toute façon... Je misai tout sur une explosion en plein air, de nuit. Je soudoyai le gardien pour qu'il me donnât accès au toit : l'ultime nuit à la belle étoile. La ville se tordait en proie à la peur de mourir. Moi, je me tordais d'espoir de mourir. Si ça a l'air égoïste, eh bien, je m'en excuse. Mais auprès de qui ? Quand j'entendis les sirènes et le sifflement de l'air, je me levai d'un bond et me tins là, nu, sur la pointe des pieds, bras tendus. Et cela vint alors, comme si l'univers était soudain éventré.

Tout d'abord, j'ai dû prendre pas mal de radiations immédiates qui me causèrent par la suite des migraines majeures. Sur le moment, je crus que Dionysos me chatouillait à mort. En même temps aussi, je fus écrasé par la pulsion électromagnétique et le souffle thermique. Inutile de vous soucier du premier. Croyez-moi, c'est le moindre de vos problèmes. Mais la chaleur, c'est autre chose. Ce sont des sortes de températures qui transforment un être humain en ombre sur le mur. Même moi, ça m'a un peu brûlé. Bien que maintenant je puisse en plaisanter (il fait pas si chaud, m'man ; ouf, quelle torchère !), j'ai vraiment été inquiet sur le coup. Je ne pouvais pas respirer et je suis tombé dans les pommes, une autre première : je ne suis pas mort mais au moins je me suis évanoui. Et pendant un bon moment parce que quand je me suis réveillé, tout était parti. J'avais dormi pendant toute l'explosion, la conflagration, pendant tout le typhon de mort. Physiquement, je me sentais bien. Physiquement, j'étais, comme ils disent, en pleine forme. J'étais totalement guéri de cette cuite. Mais d'un tout autre point de vue, je me sentais le moral à zéro comme jamais. Oui, j'étais sacrément déprimé. Je le suis toujours. Oh, je fais semblant d'être gai, je me donne des airs courageux ; mais je pense souvent que cette dépression ne finira jamais, qu'elle m'accompagnera jusqu'à la fin des temps. Je ne peux pas penser à une seule chose qui pourrait me remonter le moral. Bientôt les gens seront tous partis et je serai à jamais seul.

Ce sont des êtres de sable, de la poussière d'êtres, des êtres de poussière. Je les aime bien, bien sûr, mais ils ne sont guère liants. Ils sont profondément malades et profondément fous. Au fur et à mesure qu'ils diminuent, qu'ils décroissent et s'éteignent, ils semblent se faire de grandes idées d'eux-mêmes. Entre vous et moi, je ne me sens pas trop bien non plus. J'ai l'air d'aller bien, j'ai mon air habituel mais je me suis certainement déjà senti mieux. Au fait, mes rapports avec les maladies sont les suivants : je les attrape, je souffre et tout, mais elles ne s'avèrent jamais fatales. Elles passent ou je m'adapte. Pour vous donner un exemple comparatif récent, j'ai le sida depuis soixante-treize ans. On dirait que je n'arrive pas à m'en débarrasser.

Encore une heure jusqu'à l'aube et les étoiles brillent encore de leur nouvel éclat acéré. Maintenant les êtres humains rentrent tous chez eux. Certains vont s'endormir d'un sommeil tremblant. D'autres vont se rassembler près du puits pollué et égrener leurs bêtises toute la journée. Je resterai dehors un petit peu plus longtemps, seul, sous le calendrier immortel du ciel.

L'Antiquité classique fut intéressante (je suppose que je saute quelques siècles, mais vous ne perdez pas grand-chose). C'est dans la Rome de Caligula que je me suis rendu compte que j'avais un problème d'alcool. Je commençai à passer de plus en plus de temps au Moyen-Orient où il y avait toujours quelque chose d'intéressant. Je compris les mécanismes économiques et je m'enrichis en faisant le commerçant dans la Méditerranée. Pour moi, les longs voyages jusqu'aux Indes et retour n'étaient pas grand-chose. Je réussis bien mais sans plus et vers le xe siècle je retournai en Europe centrale. Rétrospectivement, je pense aujourd'hui que c'était une erreur. Vous savez quelle a été ma période favorite ? Oui : la Renaissance. Là, vous avez vraiment percé. A dire vrai, vous m'avez même surpris. Je venais de traverser en bâillant cinq cents ans de maladies et de religion, dépourvus de talent. La nourriture était horrible. Personne n'avait l'air d'aller bien. Les arts et l'artisanat étaient nuls. Et puis, paf ! Et en plus, d'un seul coup, comme ça. J'étais à Oslo quand j'appris ce qui se passait. Je laissai tout tomber et je sautai sur le premier bateau pour l'Italie, terrifié à l'idée de tout rater. Oh, c'était le paradis. Ces types, quand ils peignaient un mur ou un plafond ou autre, ça restait peint. Nous vivions dans un chef-d'œuvre là-bas. Au même moment, ça avait quelque chose d'inquiétant, de mon point de vue. Je pouvais voir que vous étiez capables de tout, absolument tout... Et qu'est-ce qui a suivi la Renaissance ?

Le rationalisme et la révolution industrielle. La croissance, le progrès, toute la débandade pétrochimique. Juste au moment où je pensais qu'aucun siècle ne pouvait être plus stupide que le XIXe, voilà qu'arrive le XXe. Je vous jure, la planète entière semblait participer à un concours de stupidité. Je voyais bien comment se terminerait l'histoire humaine. Cela ne faisait aucun doute. Il n'y avait qu'une seule issue.

Mes tentatives de suicide datent du Moyen Age. J'essayais toujours de me jeter du haut des montagnes, etc. Avec des manteaux de pierres et ainsi de suite. Ça ne marchait jamais. Bon sang, j'ai été frappé par la foudre tant de fois que je ne m'en souviens plus et j'ai toujours survécu. (Un jour, j'ai même pris une météorite en pleine figure ; ça a été un sacré boulot pour m'en extraire et je me suis senti pâle tout l'après-midi.) Et ça en plus de toutes les innombrables guerres où je me suis battu. La guerre fut ma passion pendant des millénaires — on voyait le monde — mais j'ai commencé à être dégoûté au début du XVe siècle. Moi qui avais combattu avec Alexandre, avec les grands Khans ; soudain je me retrouvais dans une petite troupe de vagabonds puants ; de l'autre côté, il y avait une autre petite troupe de vagabonds puants. C'était Azincourt. Au moment de Passchendaele, la guerre et moi c'était fini. Toute l'improvisation, tout le savoir-faire et les expédients semblaient évacués. C'était juste la mort, pure et simple. Et mes expériences sur la scène nucléaire n'ont rien fait pour restaurer l'idylle perdue... Remarquez, je perdais lentement tout intérêt en général. Je devenais de plus en plus renfermé et névrosé.

Et, bien sûr, il y avait l'alcool. En fait, au beau milieu du XXe siècle, mon problème d'alcoolisme est devenu totalement incontrôlable. J'ai pris une cuite qui a duré quatre-vingt-quinze ans. De 1945 à 2039, j'étais soûl. Nomade métropolitain, je vivais en vendant mon passé, en vendant de l'histoire : des bibelots phéniciens, des manuscrits hébreux, du butin, certains de ces objets valaient bien une bombe. Je tombais en morceaux. Je n'éprouvais plus le moindre respect pour moi-même. J'étais comme ce passager d'un avion avarié, qui avale tout son duty-free pour essayer d'atteindre l'état où plus rien n'a d'importance. Le monde entier semblait se comporter comme ça. Sans succès. Parce que cet état n'existe pas. Parce que les choses ont toujours de l'importance. Même ici.

Tokyo après l'attaque nucléaire, c'était pas beau à voir. Un gâteau noir huileux avec de petits motifs de feu. Ma vie est bourrée de mort — la mort est ma vie —, mais ça c'était du nouveau. Tout avait disparu. Il ne se passait rien. La seule lumière, la seule activité venaient des rayons plasma et des petites bombes atomiques qui étaient encore lancées par quelque satellite crachotant ou sous-marin têtu. Qu'est-ce qu'ils font, me demandai-je, à tirer comme ça sur un cimetière ? Ne me demandez pas comment je suis arrivé jusqu'en Nouvelle-Zélande. C'est une longue histoire. Ce fut un long voyage. Dans le temps, bien sûr, j'aurais pu le faire à pied. Je n'avais pas de plans. Vraiment je n'ai fait que suivre le chemin de la vie.

Je suis arrivé en radeau jusqu'au continent

et il n'y avait rien non plus. Tout était mort. (A dire vrai, une bonne partie était morte depuis déjà longtemps.) De temps en temps, alors que j'allais à tâtons vers le sud, je voyais une touffe de mousse ou un champignon déformé, et plus tard un cafard à une patte ou un rat sans yeux ou autre, et ça me remontait le moral pendant quelque temps. Il me fallut bien dix-huit mois avant de rencontrer des êtres humains dignes de ce nom, en Thaïlande. Une petite communauté de pêcheurs protégée par un cap dans les montagnes littorales et par des conditions de vent anormales (les conditions de vent anormales étaient alors la norme). Ces gens étaient en mauvais état bien entendu, mais ils tiraient encore de quoi vivre de la mer, pas vraiment du poisson. Je les implorai de me donner un bateau et ils refusèrent, ce qui se comprenait. Je ne voulais pas discuter, donc j'ai juste attendu qu'ils soient tous morts. Ça n'a pas pris trop longtemps. J'ai attendu quatre ans si je me souviens bien. Puis j'ai embarqué et je suis parti sans me soucier de l'endroit où les vents m'emporteraient. Je suis parti sur la mer mourante dans l'espoir de trouver la vie.

Et je l'ai trouvée, d'une certaine façon, ici, parmi ce peuple de poussière. Les derniers survivants. J'ai tout intérêt à bien profiter de ces êtres humains parce que ce sont les seuls qui me restent. Je pleure leur disparition. C'est terrible de vouloir les autres, de vouloir que les autres existent.

Un jour, quand je me trouvais en ancienne Chine avec beaucoup d'argent et un siècle à tuer, je me suis acheté un bébé éléphant et je l'ai élevé de l'enfance à l'invalidité. Je l'avais appelé Babalaya. Elle a vécu cent treize ans et nous avons eu tout le temps de bien nous connaître. Elle avait une façon si espiègle de secouer la tête. Sa silhouette marrante : toute cette masse, et pas de derrière (de dos elle ressemblait à un terrassier effondré sur un bar dans un pub de Dublin). Babalaya, la seule femme que j'ai jamais aimée... Non, ce n'est pas vrai. Je ne sais pas pourquoi je dis ça. Mais j'ai toujours eu du mal à avoir des relations de longue durée et je les ai évitées. Je n'ai été marié que huit ou neuf cents fois, je ne suis pas du genre qui garde des listes, et je ne pense pas que le nombre de mes enfants ait seulement atteint le millier. J'ai aussi eu des périodes homosexuelles. Je suis sûr pourtant que vous devinez bien quel est mon problème. Je suis habitué à voir les montagnes s'élever dans le ciel ou les deltas se former. Quand on dit que l'Atlantique ou autre baisse d'un centimètre par siècle : moi, je remarque ces choses-là. Me voilà maqué avec quelque petit cœur. Je cligne des yeux et elle est périmée. Tandis que je reste échoué dans mon midi parfait, le temps semble gribouiller sur tous les êtres à mes yeux : ils se rétrécissent, se gonflent, se défont. Moi, ça ne me gênait pas trop, mais les femmes ne pouvaient pas le supporter. Je les rendais folles.

— Nous sommes ensemble depuis vingt ans, me disaient-elles. Comment se fait-il que j'aie l'air d'une ruine et pas toi ?

De plus, il n'était pas prudent de rester trop longtemps au même endroit. Vingt ans, c'était risqué. Et je l'ai risqué, souvent, très souvent, pour les enfants. A part ça, je n'ai eu que des aventures. Vous pensez que les rencontres d'une nuit sont très peu satisfaisantes ? Imaginez ce que j'en pense. Pour moi, vingt ans équivalent à une aventure d'une nuit. Non, même pas. Pour moi, vingt ans c'est juste une passe... Et il y avait des complications déplaisantes. Par exemple, un jour j'ai vu une de de mes petites-filles qui traversait en boitant et en toussant le souk de Jérusalem. Je l'ai reconnue parce qu'elle m'a reconnu ; elle a poussé un cri perçant en tendant un doigt qui portait une bague que je lui avais donnée quand elle était petite. Et maintenant elle était de nouveau toute petite. Je regrette de dire que j'ai pratiqué l'inceste très régulièrement dans les premiers temps. Il n'y avait pas moyen d'éviter l'inceste à cette époque. Je n'étais pas le seul : tout le monde le faisait. J'ai été en deuil un million de fois puis un autre million. Quelle douleur j'ai connue, quelles mégatonnes de douleur. Ils me manquent tous, ah combien ils me manquent ! Babalaya me manque. Mais vous comprendrez bien que toute relation est condamnée à être passablement tendue (c'est inévitable) quand l'un est mortel et l'autre pas.

La seule célébrité que j'ai jamais connue était Ben Jonson, à Londres cette fois, après mon retour d'Italie. Ben et moi, nous buvions ensemble. Il avait le vin gai mais parfois aussi l'alcool le ramollissait. Et, bien sûr, il était très déprimé par toute cette histoire de Shakespeare. Ben assistait aux pièces de ce type en larmes. J'ai vu Shakespeare une ou deux fois dans la rue. Nous ne nous sommes jamais parlé mais nos yeux se sont croisés. J'ai toujours eu le sentiment que nous nous serions bien entendus. Je trouvais Shakespeare fantastique. Et je parie que j'aurais pu lui donner quelques bonnes idées.

Bientôt tout le monde sera parti et je serai à jamais seul. Même Shakespeare sera parti, ou pas totalement parce que ses vers vivront dans ma vieille tête. J'aurai le souvenir pour compagnon. J'aurai les rêves pour compagnie. Je n'aurai plus de gens, c'est tout. C'est vrai que j'ai eu ces années vides avant l'arrivée des êtres humains, donc je suis habitué à la solitude. Mais ce sera différent parce que je n'attendrai plus l'arrivée de personne.

Il n'y a plus de temps maintenant. Les jours ne sont qu'un masque de feu et le ciel nocturne me paraît toujours un peu monotone. Avant, dans le vide du début, il y avait des animaux domestiques, il y avait des plantes, il y avait des promenades dans la nature. Eh bien, il n'y a plus guère d'endroits où se promener aujourd'hui. J'ai vu ce que vous faisiez ici même. Qu'est-ce qui vous a pris ? C'était trop bien pour vous ou quoi ? Bon dieu, vous n'êtes ici que depuis dix minutes et regardez ce que vous avez fait.

Regroupés autour du puits empoisonné, les gens bâillent et grommellent. Ils sont les derniers. Ils ont essayé d'avoir des enfants, j'ai essayé d'avoir des enfants, mais ça ne marche pas. Les bébés qui arrivent à terme n'ont pas du tout l'air en forme et ils semblent incapables de fabriquer des anticorps. Il n'y a déjà pas beaucoup d'immunité comme ça. Tout le monde est déprimé.

Ils sont les derniers et ils sont fous. Ils souffrent d'une hallucination collective. Vraiment, c'est complètement fou. Ils croient tous qu'ils sont... qu'ils sont immortels. Et ce n'est pas moi qui leur en ai donné l'idée. J'ai gardé ma bouche cousue, comme toujours, par habitude. J'ai été raisonnable. Je ne suis pas une de ces barbes du puits qui racontent à longueur de journée comment ils ont connu Toutankhamon et ils ont couché avec la reine de Saba ou Marie-Antoinette. Ils pensent qu'ils vivront toujours. Les pauvres cons, si seulement ils savaient.

Moi aussi, j'ai parfois une hallucination. Quelquefois, je suis saisi de cette idée bizarre que je suis juste un quelconque maître d'école néo-zélandais qui n'a jamais rien fait, qui n'est jamais allé nulle part et qui meurt maintenant douloureusement et bruyamment de radiation solaire avec tous les autres. C'est étrange à quel point c'est palpable, ce faux passé, et tellement humain : je sens que je peux presque tendre la main et le toucher. Il y avait une femme, et un enfant. Une femme. Un enfant... Mais je me réveille soudain. Je reprends mes esprits. J'affronte vite le fait tragique qu'il n'y aura pas de fin pour moi, même après la mort du soleil (qui devrait au moins être très spectaculaire). Je suis l'Immortel.

Récemment j'ai commencé à rester dehors pendant la journée. Ah ! quelle importance ! Et, j'ai remarqué que les êtres humains aussi. Nous gémissons et dansons et secouons la tête. Nous crépitons de cancers, nous fusons de synergies sous le ciel furieux et sans oiseaux. Timidement, nous regardons dans la direction de la cible du soleil qui remplit les cieux. Bien sûr, je peux le supporter mais c'est du suicide pour les êtres humains. J'ai envie de leur dire d'attendre. Pas encore. Faites attention. Vous allez vous faire mal. Je vous en prie. Je vous en prie, faites un effort et restez encore un peu.

Bientôt vous serez tous partis et je serai à jamais seul.

Je... je suis l'Immortel.

TABLE

Achevé d'imprimer
sur les Presses Bretoliennes
27160 Breteuil-sur-Iton

N° d'édition : 967
N° d'impression : 1064
Dépôt légal : septembre 1990